배꼽의 생명력

배꼽의 생명력

초판인쇄일 | 2011년 9월 30일
초판발행일 | 2011년 10월 10일

지은이 | 전수길
펴낸곳 | 도서출판 황금알
펴낸이 | 金永馥
주 간 | 김영탁
편집실장 | 조경숙
표지디자인 | 칼라박스
주 소 | 110-510 서울시 종로구 동숭동 201-14 청기와빌라2차 104호
물류센타(직송 · 반품) | 100-272 서울시 중구 필동2가 124-6 1F
전 화 | 02)2275-9171
팩 스 | 02)2275-9172
이메일 | tibet21@hanmail.net
홈페이지 | http://goldegg21.com
출판등록 | 2003년 03월 26일(제300-2003-230호)

값 10,000원

ISBN 978-89-91601-08-6-03810

배꼽의 생명력

전수길 에세이

황금알

배꼽링학회의 메스콤 보도상황

KBS "미스터리 추적" 방영

1998년 KBS한국방송에서 노인치료 시설에 있는 중풍환자를 무작위로 선정한 다음 배꼽링 요법을 이용해서 치유하고 그 결과를 살펴보고 촬영해서 방영하였음.

당시 2명의 중풍환자를 대상으로 한 실험에서 즉석에서 마비되어 팔을 머리 위로 올릴 수 없었던 중풍환자의 팔이 올라갔고 2주 후에 이루어진 2차 실험에서는 혼자서는 걸을 수 없었던 환자가 혼자서 버스를 타고 요양시설을 다닐 수 있을 만큼 회복이 된 내용이 TV를 통하여 방영되었습니다.

SBS "테마다큐 99" 방영

1999년 SBS서울방송에서 노인치료 시설에 있는 중풍환자를 무작위로 선정한 다음 배꼽링요법을 이용해서 치유하고 그 결과를 살펴보고 촬영해서 방영하였음.

당시 10여 명의 중풍환자를 대상으로 한 실험에서 마비되어 걷는 것이 힘들었던 중풍환자가 즉석에서 혼자서 걷는 모습들이 TV를 통하여 방영되었습니다.

동아일보 기사

"여자역도 부상선수들 버튼링 부착 효험"

1997년 11월 27일자 동아일보를 보면 여자역도 대표선수들이 배꼽링요법으로 효험을 본 내용이 소개되어 있습니다.

임상시험 자료

2011년 4월 부산 요양병원 암환자 임상시험

암 요양병원에서 30여 명의 암 환자들을 대상으로 임상시험을 한 결과 10일 만에 암환자의 백혈구 수치와 암수치가 정상으로 돌아오는 효과를 병원장이 직접 참관해서 확인하고 결과에 대해서 서명을 하였음.

1998년 경희의료원 한방과 임상시험

1998년 당시 경희대학교를 세우신 조영식 학원장님의 주선으로 경희의료원 한방과에서 신 현대 교수의 감독하에 3주간에 걸쳐서 중풍 및 허리디스크와 관절염 환자를 대상으로 임상시험을 실시하고 긍정적인 평가를 받음.

1998년 서초동 내과의원 임상시험

2개월에 걸친 실험에서 체중과 간질, 허리통증이 있는 환자를 대상으로 실험하여 확실한 효과가 확인되었음,

2000년 정형외과 임상시험

제주도에 있는 정형외과에서 원장인 장승원 박사의 초청으로 수 주간에 걸쳐서 류마티즘과 퇴행성관절염 등을 앓고 있던 환자들을 대상으로 실험을 한 결과 확실한 효과가 있다는 인정을 받음.

2005년 피부과 의원 임상시험

피부과 의원에서 원장이 직접 배꼽링과 배꼽파스요법을 이용하여 잘 낫지 않는 피부병과 아토피성 피부염 환자를 대상으로 치료한 결과 확실한 치유력이 입증되었음.

추천서

언제인가부터 허리가 시큰거리면서 통증이 나타나기 시작하더니 급기야는 업무에 지장을 줄 만큼 증상이 악화되어 일상생활에도 불편을 느낄 정도로 통증이 심해졌다.

답답하고 난감한 일이었지만 약을 먹고 물리치료를 받아도 소용이 없었고 차도가 나타나지 않았다. 그러다가 지인의 소개로 배꼽링을 사용하게 되었는데 눈이 밝아지고 증상이 나아지기 시작했다.

처음에는 새롭고 낯선 방법이라 선뜻 마음이 내키지 않았지만 배꼽의 중요성과 태생학적인 기능을 생각하니 고개가 끄떡여졌고 체계화된 이론과 그동안의 임상결과에 믿음이 갔다.

걱정과는 달리 사용방법이 간단했고 뛰어난 효과가 나타났다. 몇 년 동안 갖가지 방법으로도 효과를 보지 못했었는데 즉석에서 통증이 사라지고 허리가 부드러워졌으며 생활에도 불편이 없을 만큼 상태가 호전되고·나아진 것이다.

이와 같은 결과에 고무되어 10년 동안 학회를 오가며 많은 사례를 직접 보고 들으며 연구를 했고 배꼽링과 새로운 요법의 효능과 가치에 대해서 확신을 갖게 되었다.

현대의학의 한계는 어쩔 수 없는 현상이다. 따라서 대체의학의 등장은 필연적인 것이며 어찌할 수 없는 시대의 요청이라 하겠다.

특히 이번에 새롭게 개발된 새로운 방식의 치유법은 신비의 영역에
만 머물러 있던 기의 세계를 과학적 방식으로 증명하고 이끌어 냈다
는 점에서 큰 의미를 갖는다고 하겠다.
　이에 부응하여 배꼽링을 활용한 새로운 방식의 치유법은 모든 조건
을 두루 갖춘 훌륭한 요법임을 확신하며 추천하는 바이다.

전) 순천향의대 교수
의학박사 정현교

프롤로그

문득 오래전 미국의 영화감독 스필버그가 만든 〈크로스 엔카운터〉
란 이름의 공상영화가 생각이 납니다. 평범한 중년 남성이 낯선 외계
의 생명체와 조우하는 과정에서 겪게 되는 여러 가지 특이한 일이나
사건들을 다룬 내용이었는데 그중에서도 눈길을 끄는 것은 미확인 비
행체를 보고 난 뒤에 일어나는 남자 주인공의 괴이한 행동들입니다.
갑자기 어떤 상념에 사로잡혀서 도무지 다른 일은 하려 하지 않고 머
릿속을 싸고도는 미묘한 느낌에 사로잡혀 괴로워하며 알 수 없는 영
상을 잡아내기 위하여 멀쩡한 화단을 부수고 나무를 집안으로 옮겨
나르는가 하면 예술가로 변신해서 이상한 형태의 조형물을 만들기 시
작합니다.

주인공은 물론이고 외계의 비행 물체를 접한 모든 사람이 각기 방
법만 다를 뿐 기이한 행동들을 통하여 공통된 하나의 영상을 완성해
가는데 그것은 다름 아닌 미국의 몬타나주에 있는 펀치볼 모양의 산
이었습니다. 결국, 펀치볼 모양의 산 하나를 완성하기 위하여 주인공
은 가족도 떠나보낸 채 이웃으로부터 '미친 사람'이란 소리까지 들으
며 거실에다 흙을 파서 나르고 나무를 옮겨 심는 수고를 거쳐서 천신
만고 끝에 자신의 머릿속에 있는 영상을 끄집어내는 데 성공하게 됩
니다. 그렇지만 주인공이 만들어낸 산은 결코 평범한 산이 아니었습

니다. 그 산은 정부의 관계자들과 외계인들이 만나기로 되어 있는 특별한 비밀의 약속 장소였던 것입니다. 그 뒤에 여러 가지 장애를 극복하고 나서 주인공은 결국 외계인들과 조우하게 되고 그들과 함께 우주로 떠난다는 내용으로 영화는 끝을 맺게 됩니다.

상상에 의하여 만들어진 공상과학 영화이지만 지금까지 필자가 걸어온 길이나 상황을 돌아보면 영화 속의 주인공과 무척이나 닮았다는 생각이 듭니다. 평소 가족을 중심으로 한 화목한 생활을 최상의 가치로 여겨오던 인생철학과는 다른 길이었기 때문에 한편으로는 '아니다.' 라고 부정도 하고 싶지만 그럼에도 불구하고 영화 속의 이야기가 자신의 운명 같다는 생각을 지우기가 어렵습니다.

주인공이 외계의 비행체를 만나고 나서 삶의 행로가 바뀌었듯이 필자 또한 펀치볼 모양의 영상을 형상화하기 위하여 발버둥치는 주인공처럼 머릿속에 떠오르는 그 무엇인가를 찾기 위하여 연구와 실험을 계속하게 됩니다.

서른을 갓 넘을 때였습니다. 30대라는 시기는 한 남성이 자신의 인생을 만들고 가꾸기 위하여 모든 정열을 쏟아 붇는 시간입니다. 그런데, 필자는 그 황금 같은 시간을 온통 무엇인가를 찾아내기 위하여 연구와 실험을 하며 보냈습니다.

영화 속의 주인공이 그 어떤 계시에 의하여 조형물을 만들었다가 부수고 또 만들었다가 부수었듯이, 필자 역시 여러 가지 물건들을 만들었다가는 부수고 또 만들었다가는 부수고 하는 과정을 겪어야만 했습니다. 돌이켜 보면 그것은 우연이라기보다는 필연에 가까운 운명적인 작업이 아니었는가 하는 생각을 하게 됩니다.

이야기의 주인공이 펀치볼 모양의 산을 만들고 나서야 광기를 멈추었듯이 필자의 갈증과 방황 역시 배꼽링을 만들고 나서야 멈추게 되었지만, 그가 외계인과의 조우를 위하여 생명의 위험을 무릅쓰고 험한 산을 오르듯이 완벽한 치유를 위한 필자의 노력과 연구는 아직도 진행 중입니다.

어려운 일이었지만 신비적 현상으로만 여겨져 왔던 기와 배꼽링의 작용을 최첨단 방식을 이용하여 과학의 영역으로 이끌어 내고 새로운 치유법으로 완성한 것 또한 그 과정의 일부라고 생각합니다.

그동안 새로운 연구 성과가 있을 때마다 책이라는 대중매체를 통하여 독자들에게 전달해 왔습니다.

이번에 새롭게 공개하는 내용 역시 석수장이가 작은 정으로 바위를 쪼아서 형상을 만들고 조금씩 탑을 쌓아가듯이 내용 하나하나가 모두 뼈를 깎는 듯한 고통 속에서 어렵게 완성된 것입니다.

물론 이와 같은 성과가 필자 혼자만의 힘으로 이루어진 것은 아닙니다. 새로운 방식의 치유법은 함께 고생하며 어려움을 감내해준 유준희 교수를 비롯하여 여러 사람들의 정성이 모아져서 완성된 것으로 하늘의 도움이 있었기에 가능했던 일이 아니었나 하는 생각을 하게 합니다.

　여정이 힘들었던 만큼 큰 보람이 느껴집니다. 모쪼록 이와 같은 필자의 노력이 병마와 싸우며 투병하는 모든 이들에게 힘이 되어 좋은 결실로 맺어지기를 간절히 기원합니다.

2011년 8월
배꼽에너지연구학회 회장 전수길

차례

3 장
배꼽의 생명력

4 장
새로운 방식의 치료

5장
암환자와 성인병을 위한 식이요법

6장
생명의 전류

1장

만남과 인연

"회춘이라고요?"

생리와 회춘

학회를 시작한 지 얼마 안 되었을 때에 일입니다.

"큰일 난 것 같아요. 어떻게 해요?"

미국 워싱턴주 시애틀에서 온 50세 아주머니가 파랗게 질린 얼굴로 찾아와 묻습니다.

배꼽링을 사용하고 이틀쯤 지났는데 갑자기 생식기에서 혈액이 쏟아져 나왔다는 겁니다. 놀란 가슴을 안고 병원에 가서 진찰을 받았지만, 진단도 나오지 않고 무서워 죽겠답니다.

당혹스럽지만 무섭고 답답하기는 필자도 마찬가지인데 아직 그와 같은 사례를 경험해 보지 못한 탓입니다.

시애틀은 필자가 30대를 보낸 곳으로 그분 역시 지인으로부터 소개를 받아 찾아왔다고 합니다. 그런 인연으로 해서 남다른 친밀감을 갖고 있었는데 갑자기 이런 일이 생겼으니 참으로 난감한 일입니다.

"생리는 아니고요?"

조심스럽게 질문을 해보지만 3년 전에 폐경이 있었으니 생리는 절대 아니랍니다.

"우선 배꼽링을 떼고 안정을 취하는 것이 좋겠습니다."

결국, 자세한 이유도 모른 체 그분은 다시 시애틀로 돌아갔습니다.

지금 생각해 보면 박장대소를 할 만큼 가벼운 일이지만 영문을 알 수 없던 당시에는 식은땀이 날 만큼 충격적인 사건이었습니다.

그분에게 일어났던 생리적 사건은 막혔던 혈이 열리고 다시 생리가 시작되면서 나타난 회춘현상으로 모두 함께 축하해야 할 반가운 일이었던 것입니다. 하지만 당시에는 경험이 부족해서 겁을 집어먹을 수밖에 없었던 작은 해프닝이었습니다.

몇 달 후에는 다시 서울대학교에서 근무하던 50대 여성이 찾아와서 "학회에 오고 나서 회춘이 되었다."며 기뻐했는데 예전에 당황했던 일들을 이야기하며 함께 웃었던 기억이 납니다.

그 후에도 이와 같은 일들이 자주 보고되었으며 또 다른 50대 여성 회원 한 분은 "학회에 와서 강의를 듣는 중에 끊겼던 생리가 갑자기 시작되어 당황했다."며 당시의 당혹스러웠던 심경을 전하기도 했습니다.

부인병 증상의 대부분은 신장의 기운이 약해졌을 때 나타나는 질병으로 대개의 경우 부신이나 신장의 기운을 보충해 주면 좋아지게 됩니다.

"이것이 도대체 무슨 물건인데"

퇴행성관절염과 류마티스관절염

배꼽링요법이 방송에 소개되고 난 지 얼마 안 되었을 때의 일입니다. 아침 일찍 한 부부가 상기 된 표정으로 사무실 문을 열고 들어오더니 다짜고짜 회원가입부터 하겠다고 합니다.

반갑기는 했지만 다소 의아한 느낌이 들어서 살펴보니 어저께 학회에 상담하러 왔던 여성입니다.

KBS와 SBS에서 배꼽링에 대한 방송이 나갔던 시기였기 때문에 학회 사무실에는 하루에도 수십 명의 사람이 오가던 때라 바로 알아보지를 못했던 것입니다.

눈썰미가 둔한 탓도 있지만, 여성들은 화장을 고치고 헤어스타일을 바꿔 놓으면 다른 사람처럼 보이기에 십상이어서 가끔은 이렇게 실수를 합니다.

"어디 배꼽링이란 것을 한 번 봅시다."

남편으로 보이는 분이 자리에 앉기도 전에 상기된 표정으로 채근을 하는데 영문도 모른 체 작은 함에서 배꼽링을 꺼내어 건네줍니다.

"이것이 도대체 무슨 물건인데……."

그는 링을 손에 받아들더니 감춰진 꽃무늬라도 찾듯이 찬찬히 살펴봅니다. 그리고 부인이 배꼽에 링을 붙이는 것을 주의 깊게 바라보고 나서 "어떠냐?"고 의견을 묻습니다.

"응. 괜찮아진 것 같아."

이렇다 할 설명도 없이 부부끼리 나누는 이야기를 듣고 있으려니 무슨 일인지 궁금해서 애가 타는데 잠시 후 그런 표정을 읽기라도 한 듯이 남편 되는 사람이 자초지종을 설명하기 시작합니다.

"이 사람이 어제 여기를 다녀왔다고 하더니 평소와 달리 아프다는 소리도 없이 멀쩡하지 뭡니까. 그래서 깜짝 놀랐습니다."

'사람이 어디를 다녀오면 멀쩡한 것이 당연하지 무슨 말인가?!' 해서 의아한 표정으로 바라보는데 남편이 다시 말을 이어갑니다.

"사실 이 사람이 오래전부터 류마티즘을 앓아왔습니다. 그 때문에 허구한 날 아프지 않은 때가 없었고……."

지나간 날들의 기억이 끔찍했던지 남편은 잠시 말을 잇지 못하고 머리를 흔듭니다.

"어디 외출이라도 나갔다가 올라치면 여기 아프다 저기 아프다 하면서 끙끙 앓아서 발로 밟고 손으로 주무르고 난리가 납니다. 하여튼 20년 동안 어디를 함께 놀러 갈 수가 없었습니다."

그러던 부인이 학회를 다녀오고 나서는 아프다는 소리 한 마디 없이 멀쩡해서 깜짝 놀란 것입니다.

그래서 "도대체 어떻게 된 일이냐?"고 물었더니 "배꼽링인가 뭔가

하는 것을 한 시간쯤 붙이고 있다가 왔는데 아프지도 않고 이러네."
하면서 고개를 갸웃거립니다.

"아니 이 답답한 사람아. 그러면 그것을 하고 와야지 그냥 오면 어떻게 하나?" 하고 야단을 한 다음 이렇게 아침 일찍 학회를 찾아왔다는 것이었습니다.

남편의 행동이 도발적이어서 처음에는 긴장되었지만 사건의 전말을 듣고 나니 이제야 안심이 됩니다.

류마티즘으로 20여 년을 고통 받던 사람이 하루 만에 좋아졌다고 하니 그보다 반갑고 보람된 일이 또 어디 있겠습니까?

더욱 신기했던 것은 전날과 달리 10여 분만에 통증들이 모두 사라졌다는 것입니다. 물론 그 후에도 계속해서 치유를 받고 상태가 더욱 호전되어 가는 것을 확인할 수 있었습니다.

필자가 배꼽링학회를 설립하고 나서 가장 많이 접해 온 환자가 관절염환자입니다.

앞에서 오십견에 대해서 살펴보았지만, 오십견 못지않게 흔한 질병이 관절염으로 나이가 들고 손자를 볼 때쯤 되면 무릎에 열이 나면서 붓고 아파지게 됩니다.

무릎에 발생하는 퇴행성관절염은 대개 나이가 들고 기운이 떨어진 노인들에게서 많이 나타나는 질병입니다. 여성들은 40대 전후에 나타나는 경우도 적지 않아서 노년의 시간을 한숨을 쉬며 고통 속에서 보내는 것을 자주 보아왔습니다.

관절염이 오래되면 양쪽 다리가 오자형으로 변형이 되거나 기억자로 굽어서 펴지지 않고 불구를 만드는 경우도 볼 수 있는데 배꼽링의 경우에는 오십견 못지않게 효과가 좋아서 즉석에서 통증이 멎거나 휘어진 다리가 돌아오는 것을 볼 수 있었습니다.

서정범 교수의 책에서도 소개된 바가 있지만, 서울 구기동 요양원에 있던 관절염환자는 두 다리가 모두 굽어서 벽에 기대지 않고서는 앉아 있기도 어려울 만큼 심각한 상태였다. 그러나 치유를 받고는 한시간 만에 두 다리가 펴지고 완치가 되어서 춤을 추고 다녔다는 내용이 소개되어 있습니다.

뼈와 관절에 발생하는 질병들 대부분은 환자에게 큰 불편과 고통을 주지만 치료가 어렵다는 공통된 특징을 갖고 있으며 치료가 늦어지면 사회활동은 물론 정상적인 생활을 할 수 없을 만큼 고통과 장애를 수반하는 경우가 많습니다.

퇴행성관절염은 노인성질환이라 주로 무릎이나 손목 등에 통증이 나타나는 경우가 많으며 연골이 닳아서 생기는 노인성질환입니다.

반면에 류마티즘 관절염은 퇴행성관절염과 달리 환자 자신의 면역세포가 자신을 공격해서 상처를 입히고 고통을 주는 자가면역질환으로 모든 부위가 표적이 되어서 공격을 당하기 때문에 온몸에 증상이 나타나는 경우도 많습니다.

이와 같은 뼈의 모든 질환은 신장의 기운이 약해져서 발생하는 것이기 때문에 치료가 매우 어려운 것으로 알려져 있지만, 신장의 기운을 보충해 주면 앞에서 본 사례처럼 좋은 결과로 이어지게 됩니다.

"파스로 도배를 하는 여자"

허리의 통증과 디스크

학회에 스포츠를 좋아하는 30세 남자 직원이 한 사람 있었습니다. 그는 수완이 아주 좋아서 스포츠 쪽을 한 번 알아보라고 했더니 말이 떨어지기가 무섭게 역도연맹을 찾아가서 섭외하고 여자역도대표팀 감독으로부터 "치유를 받아보자!"는 허락을 받아옵니다.

그 친구 덕에 난생처음 태릉선수촌에 들어가서 역도경기장이며 육상코스 등 TV에서만 보던 시설들을 구경하게 되었고 선수들이 훈련하는 모습도 가까이서 볼 수 있었습니다.

필자는 역도에는 문외한이라서 아는 선수가 한 명도 없었지만, 그는 스포츠에 대한 열정이 대단해서 역도선수들의 이름은 물론 장래가 촉망되는 유망주의 최근 기록까지도 모두 꿰고 있습니다.

아무튼, 감독과 코치를 만나서 간단한 인사와 함께 설명하고 부상이 깊은 선수들을 소개받아 치유에 들어갔는데 그중에서도 유독 필자의 눈길을 끄는 한 사람이 있었습니다.

당시 최고의 선수로 평가받으며 '한국여자역도대표팀'의 간판스타로 불리던 최 모 선수입니다. 그녀는 몸이 불편해서 그런지 다른 선수들과는 달리 훈련에는 참가하지 않고 혼자서 조심스러운 동작으로 몸을 풀고 있었습니다.

코치에게 이유를 묻자 "대표팀에서 가장 기록이 좋은 선수지만 허리부상이 심해서 훈련을 하지 못하고 있습니다. 다음 달에 시합이 있는데 몸이 저러니 큰일입니다." 하면서 안쓰러운 듯 그녀를 바라봅니다.

본인에게 다가가서 증세를 물으니 허리통증이 심해서 역기를 들기가 힘이 든다며 "심한 것은 아니라고 하지만 병원에서 디스크로 진단이 난 상태에요." 하면서 어두운 표정이 됩니다.

정확한 상태를 알아보기 위하여 선수를 눕히고 유니폼을 들추어보니 온몸이 도배를 한 것처럼 파스로 뒤덮인 모습입니다.

'얼마나 고통이 심했으면 이렇게 파스를 붙였을까.'

코끝이 찡하고 가슴이 아파져 옵니다.

허리는 무거운 머리와 상체의 무게를 떠 받치고 있는 중요한 곳으로 집으로 치면 대들보에 해당하는 부위입니다. 따라서 무거운 역기를 멀리 위까지 들어서 올려야 하는 역도선수에게 허리부상은 그 어떤 것보다도 치명적인 일입니다.

이럴 때는 무조건 휴식을 취하고 쉬는 것이 상책인데 무거운 물건을 들게 되면 상태가 더욱 악화할 수 있기 때문입니다.

선수가 부상을 당해 출전이 어려우면 명단에서 제외하고 대타를 쓰면 됩니다. 하지만 실력이 뛰어난 간판스타이니 보니 그럴 수도 없고 선수나 감독 모두 근심이 높아질 수밖에 없는 상황입니다.

일반적인 기준에서 본다면 상태가 심각해서 가망이 없어 보이는 것이 사실이지만 허리통증에 관해서는 일가견이 있던 터라 자신 있게 배꼽링을 붙여주고 결과를 기다립니다.

"곧 통증이 가라앉고 운동을 할 수 있을 겁니다."

사실 필자가 이처럼 허리통증 환자에게 자신감을 갖는 데에는 다 그만한 이유가 있습니다.

허리가 아파서 꼼짝도 하지 못했던 사람이 치유를 받고 난 뒤에 한 시간도 되지 않아서 멀쩡해지는 것을 여러 번 보아왔기 때문입니다.

역시 이번 경우도 마찬가지여서 30분이 지나자 예상했던 대로 통증이 가라앉으면서 허리가 부드러워졌다고 합니다.

따라서 이번에는 허리통증과 관계가 있는 신장기맥을 향해서 배꼽링의 개구부를 바꾸어 붙여줍니다. 그러자 놀라운 일이 일어납니다.

5분도 지나지 않아서 최 선수가 아무 일도 없던 것처럼 자리를 털고 일어나 곧바로 훈련장에 뛰어든 것입니다. 그리고는 기록재기 훈련에서 보란 듯이 자신의 최고기록을 들어 올립니다.

다들 놀라서 입이 딱 벌어지지만, 영문을 모르는 필자는 그냥 맹하니 서서 구경만 하고 있는데 그 모습이 갑갑했던지 코치가 상기 된 표정으로 다가와서 설명을 합니다.

"어느 선수의 최고기록이라는 것은 그 선수가 가장 컨디션이 좋았을 때 세운 기록으로 경우에 따라서는 생전에 다시 못 들 수도 있는 최고의 기록입니다."

그의 설명을 듣고 나서야 그날의 사건이 얼마나 충격적인 일인가를 알아챕니다.

허리가 아플 때에는 물건을 들기는커녕 운동을 하기도 어려운 것이 일반적인 상식입니다. 그런 무거운 역기로 자신의 최고기록을 들어 올렸다니 참으로 놀라운 일이 아닐 수 없습니다.

이와 같은 일이 소문이 나면서 최 선수의 일은 태릉선수촌을 찾았던 연합통신 기자에게 알려지게 되고 동아일보에 기사가 되어 배꼽링의 효능이 처음으로 언론에 소개되는 계기를 맞게 됩니다.

한 때 피겨스케이팅의 여왕으로 군림하던 김연아 선수도 허리통증 때문에 고통을 받고 있다는 기사를 접한 일이 있었지만, 제도권 의학이 아니다 보니 도움을 줄 수가 없어서 아쉬움이 컸습니다.

답답한 일입니다. 창고에 곡식을 쌓아두고도 사람들이 찾아오지를 않아 함께 나눌 수 없는 사람의 심정처럼 안타까울 따름입니다.

추억

창밖에는 어제와 다름없이 추적추적 가을비가 내리고 있습니다.

"벌써 우기가 시작되려나?"

앞집에 사는 아낙네가 우산을 꺼내 들며 걱정스러운 듯이 혼잣말을 합니다. 여름에 장마가 시작되는 한국과 달리 시애틀은 늦은 가을부터 우기가 시작됩니다.

이제 겨우 시월 초순인데 그저께부터 내리다가 멈추기를 반복하고 있는 시골 마을의 가을비는 장마의 시작을 알리기라도 하듯 며칠째 나무 잎사귀들을 떨구며 대지를 흥건하게 적시고 있습니다.

오늘은 지루함도 잊은 채 창밖으로 쏟아지는 빗줄기를 바라보며 생각에 잠겨 지나간 옛일을 회상하곤 했습니다.

비 때문에 밖에서 작업하기는 어렵지만, 방에 들어앉아 추억을 음미하기에는 더할 나위 없이 좋은 날입니다.

늦은 시간, 오랫동안 앉아서 글을 쓰다 보니 밀렸던 피로가 한꺼번에 몰려옵니다. 그렇지만 오늘 밤은 정신이 맑아서 잠이 들기가 어려울 것 같습니다.

하룻밤을 지새운다고 큰일이 나는 것은 아니지만 잠을 설치고 난 다음 날에는 일의 능률이 떨어지게 되니 그것이 문제입니다.

할 일이 많으니 다음 날을 위해서는 잠을 충분히 자 두어야 하지만 웬일인지 마음과는 달리 잠이 통 오지를 않아서 하는 수 없이 자리에서 일어나 이 글을 쓰고 있습니다.

"횡횡— 투두둑—"

바람이 세차게 다가와 창문을 두드립니다.

잠이 달아난 것은 바람과 함께 몰아치는 빗줄기 탓도 있지만, 타국 땅에서 홀로 맞는 가을밤이 외롭기 때문입니다.

스텐드 불빛 사이로 처마를 타고 떨어지는 빗방울들이 졸음을 밀어내며 그리운 이들과의 추억을 생각나게 합니다.

〈시애틀의 잠 못 이루는 밤〉이라는 영화가 있다고 하더니 일부러 구색을 갖추기라도 하듯 필자는 지금 시애틀에 머물면서 이 글을 쓰고 있습니다.

배꼽링학회를 설립하고 본격적으로 연구해온 지도 15년을 훌쩍 넘긴 지금 많은 이들의 얼굴이 주마등처럼 스쳐 갑니다.

그중에서도 오늘 밤 유난히 필자의 가슴을 적시는 사람은 지난 2009년 7월에 세상을 뜨신 국문학자 서정범 교수입니다.

서정범 교수는 오랜 세월 동안 학회의 일을 도우면서 필자에게 앞으로 나아갈 길과 해야 할 일들을 알려주신 잊지 못할 스승입니다.

그분은 생전에 필자가 운영하는 학회를 자신의 분신인양 아끼며 사랑하셨고 "이렇게 좋은 것을 나만 할 수 있나. 세상에 널리 알려서 모두가 쓰게 해야지." 하면서 직접 앞에 나서서 많은 사람에게 배꼽링요법의 우수성을 알리기 위해 애를 쓰셨는데 얼마나 열심이었던지 강의를 할 때는 물론이고 만나는 사람마다 배꼽링에 관하여 설명을 하였습니다.

필자로서 고맙기 그지없는 일이었지만 한편으로는 그분의 명예에 흠이 되지는 않을까 염려가 되어서 만류를 한 적도 여러 번 있었는데 그럴 때마다, "그 누가 나에게 어떤 비난을 한다고 해도 나는 내가 옳다고 생각하는 일을 할 것이다." 하면서 굳은 의지를 보였습니다.

그렇게 스스로 학자의 모범을 보이던 분이었는데 세상의 인연이 다 하였는지 그만 여든넷의 나이로 정든 이들의 곁을 떠나가고 말았습니다.

만남과 헤어짐은 인생사의 연속된 순환입니다.

세월이 흐르고 나이가 들다 보면 이별도 일상의 생활처럼 자연스러운 일이 된다고 하지만 마음이 여려서인지 이별은 익숙해지지를 않고 늘 남은 이의 가슴을 아프게 합니다.

내리는 비 때문인지 혹은 허전한 마음 때문인지 오늘 밤은 지나간 추억들이 나뭇가지를 타고 흐르는 빗물처럼 그리움에 사무친 가슴을 적셔옵니다.

"전 선생은 나의 주치의"라며 돌아가시기 직전까지 필자를 찾았었는데 미국에 가 있느라 자주 찾아뵙지 못한 것이 못내 아쉬움으로 남습니다.

글을 쓰고 연구하는 것 이외에는 낚시가 유일한 취미였던 그분은 평소에 강이나 호수를 찾아서 붕어를 낚는 것을 즐겼습니다.

"내가 평생을 살면서 낚시를 해 왔지만 이렇게 매력이 있는 일은 다시없을 것."이라며 낚시에 대한 예찬을 아끼지 않았는데 "아마 먹을 것을 얻는다는 점에서 인간의 본능에 가장 가까운 작업이기 때문일 거야."라며 학자다운 분석을 하기도 하였습니다.

같은 낚시터에서 낚시하여도 그분은 낚싯대의 구성과 채비가 달랐는데 필자가 10호 이상의 큰 바늘과 튼실한 낚싯줄을 사용해서 잉어와 같은 대물들을 낚았던 반면 그분은 3호 이내의 가는 낚싯줄과 작은 바늘을 사용하며 붕어 낚시만을 고집하였습니다.

많은 사람이 낚싯대를 통해서 줄과 바늘 끝에 달려오는 손맛에 관심을 가지게 되지만 그분은 낚시 자체를 즐겼던 것 같습니다.

어느 해 늦은 가을날 그분과 함께 살구꽃 저수지라는 곳에서 낚시하면서 라면을 끓여 먹던 생각이 납니다.

갑자기 내려간 기온 때문에 다소 쌀쌀한 느낌이 들던 날이었지만 정다운 사람들과 함께 훈훈한 마음으로 나누어 먹던 라면의 맛을 잊을 수가 없습니다.

살아 있는 사람들은 언제든지 만나서 재현해 볼 수 있는 평범한 일이지만 다시는 함께 할 수 없다는 안타까움에 가슴 한편이 시려 오는 가을밤입니다.

여고생과 교수

어제는 늦은 밤까지 잠이 오지를 않아서 '시애틀의 잠 못 이루는 밤이 되지 않을까?'하는 걱정이 들었지만, 기억을 더듬으며 옛 생각을 하다 보니 마음이 포근해지면서 편하게 잠자리에 들 수 있었습니다.

꿈도 꾸지 않고 깊은 잠을 잘 수가 있었는데 정다운 이와의 추억은 시린 가슴을 따뜻하게 감싸는 힘이 있나 봅니다.

언제쯤인가? 그분과 함께 교수회관을 내려와서 정문을 향해 걷고 있는데 젊은 교수 한 분이 급하게 다가와서 노 교수에게 부탁합니다.

"여고생들 몇이 견학을 와서 질문하는데 마땅히 해줄 말이 없으니 대신 강의를 좀 해 주십시오."

그분은 흔쾌히 부탁에 응했고 젊은 교수는 길옆에 있는 건물을 향해 앞장을 섰습니다.

작은 강의실에는 7-8 명쯤 되는 여고생들이 자리에 앉아 있다가 노 교수가 들어서자 모두 일어나며 "와-"하고 함성을 질러댑니다. 방송을 통해 많이 알려진 분이라 얼른 얼굴을 알아본 모양입니다.

"안녕하세요. 교수님?"

"아. 그래요. 모두 안녕하세요?. 만나서 반가워요."

그러면서 그들에게 "학생들은 알고 싶은 것이 무엇인가요?" 하고 웃으며 의견을 묻습니다. 그러자 한 학생이 일어나서 자신들의 소개를 하며 다음과 같은 질문을 합니다.

"우리는 여자 고등학교에 다니고 있는 학생들입니다. 내년에 대학에 가면 공부를 해서 교수님처럼 대학교수가 되고 싶은데 교수가 하는 일이 무엇인지에 관하여 알고 싶습니다."

여고생다운 참신한 질문입니다.

여학생이 말을 마치자 노 교수는 고개를 끄떡이며 다음과 같이 대답합니다.

"대학교수가 하는 일에는 세 가지가 있습니다. 첫 번째는 학생을 가르치는 일이고 두 번째는 연구를 하는 일, 그리고 세 번째는 사회에 봉사하는 일입니다."

간단하면서도 명료한 대답입니다.

"그런데 사회에 봉사하는 일에는 어떤 것이 있나요?"

학생이 다시 묻습니다.

"내가 학교에서 강의하는 것 이외에도 여러 가지 일에 관하여 연구를 하고 잡지나 방송에 나가서 이야기하는 일들이 바로 그런 것에 해당하는 일이에요."

사회에 봉사하는 것, 단순한 일 같지만 실천으로 옮기기는 절대 쉽지 않은 일입니다. 특히 사회적으로 널리 알려진 인물인 경우에는 더욱 그렇습니다.

그동안 대체의학을 통해 큰 효과를 보았으면서도 대중 앞에 나서기를 꺼리는 경우를 자주 보아 왔습니다.

그분은 40여 년 동안 대학에서 교수로 있으면서 잡지나 방송에 많이 소개되었기 때문에 모르는 사람이 없을 만큼 대중적으로 잘 알려진 사회 인사입니다.

그런 분이 이제 막 시작해서 이름도 없는 학회를 홍보하다 보면 적지 않게 오해도 받았을 것으로 추측됩니다. 어떤 때에는 "서로 어떤 사이냐?"며 무슨 이해관계가 있는 것으로 의심하는 사람도 있었습니다.

그렇지만 서정범 교수는 "국민들의 보건건강을 위한 일인데 이것은 공인으로서 반드시 해야 할 일이 아니겠는가? 나는 누가 뭐라고 해도 옳다고 하는 일을 할 것이다."하면서 의지를 굽히지 않았습니다.

그분이 이렇게 배꼽링요법을 알리기 위한 일에 적극적으로 나서게 것은 국민 건강에 도움이 되게 하려는 목적도 있지만, 무엇보다도 "교수의 사회적 봉사"라는 확고한 신념 때문이었다고 생각합니다.

당시에 필자는 오랫동안 해외 생활을 하다가 고국으로 돌아온 지 얼마 되지 않았을 때입니다.

미국에서 8년쯤 살았는데 연구에 빠져서 사는 사람들 대부분이 그렇듯이 늘 연구에만 빠져서 살다 보니 경제적으로 여유가 없어서 몹시 어려운 상황에 있었습니다.

학회의 일만 시작하면 사람들이 몰려들어서 금방 형편이 나아질 것으로 생각했지만 예상과는 달리 현실은 냉혹했습니다.

방송의 내용처럼 배꼽링요법은 마비가 된 중풍환자의 팔다리가 즉석에서 풀릴 만큼 효과가 빠르고 뛰어났지만 새로운 요법을 알리는 것은 결코 쉬운 일이 아니어서 여러 가지 어려운 난관에 봉착해 있었습니다.

'즉석에서 통증이 사라지고 못 걷던 중풍환자가 움직이는데 믿고 받아들이지 않을 사람이 어디 있겠나?' 하는 생각을 했었지만 낯선 치유법에 대한 두려움 때문인지 사람들은 보고도 믿지를 않았습니다.

필자 나름대로는 사명을 가지고 했던 일이었기 때문에 의대 교수님들을 찾아가면 반가이 맞을 것으로 생각했습니다. 그러나 그것은 순진한 착각이었고 문전박대를 당하기 일쑤였습니다.

"머리가 나쁘면 손발이 고생한다."고 사람들 생각이 모두 같은 줄로만 알고 있었던 탓에 더 힘이 들었던 것 같습니다.

울컥하는 마음에 '모두 접고 다른 일을 하자'는 생각과 함께 많은 혼란과 시행착오를 겪어야 했는데 이렇게 약한 마음을 가질 때마다 그분은 필자의 마음을 읽기라도 하듯이 "이 일은 반드시 성공할 것이야. 이렇게 효과가 뛰어난데 어떻게 성공하지 않을 수가 있겠어?" 하면서 필자에게 용기를 주었고 만날 때마다 식대며 찻값을 부담하였습니다.

회기동으로 학회를 옮겨와야 했을 때도 몰래 감추어둔 비자금을 내놓으며 "못 갚아도 좋으니까 사무실을 얻는 데 쓰라."며 큰돈을 내어놓은 일도 있었습니다.

다행히 회원들의 도움으로 사정이 나아져서 다시 돌려 드릴 수 있었지만, 당시 그분이 학회를 위해서 내어 놓으신 돈은 요즘에도 마련하기가 쉽지 않을 만큼 큰 액수였습니다.

그분과의 소중한 인연은 지금으로부터 14년 전으로 거슬러 올라갑니다.

필자가 서정범 교수님을 처음 만난 곳은 그분이 명예교수로 재직중이던 경희대학교의 연구실로 문학풍경출판사의 김윤석 사장을 통해서였습니다.

김사장과 함께 택시를 타고 학교 교수회관으로 올라가 연구실 앞에서 노크하니 방문이 열리면서 낯익은 목소리가 들려옵니다.

"어서 와요. 올라오는 길이 높아서 힘들었지요?"

서정범 교수였습니다.

다소 마른 얼굴에 깐깐한 느낌이었지만 방송이나 잡지를 통해서 여러 번 본 일이 있었기 때문인지 첫 만남임에도 친근감이 느껴집니다.

간단한 인사를 끝내고 나서 곧 바로 배꼽링요법에 관한 설명에 들어갔는데 목적이 분명한 방문이기 때문입니다.

"아! 이것은 배꼽을 통해서 기를 증폭시키는 것이로군."

평소에 기에 관한 연구를 많이 한 때문인지 그분은 설명이 끝나기도 전에 이치를 파악하고 고개를 끄떡입니다.

"원리는 충분히 이해가 갑니다. 그렇지만 우선은 내가 직접 체험을 해 보고 나서 평가하는 시간을 갖도록 합시다."

첫 만남은 이렇게 별다른 소득이 없이 끝이 났는데 그 일을 잊고 지내던 어느 날 필자에게 한 통의 전화가 걸려옵니다.

"알려준 대로 열심히 해 봤는데 확실한 효과를 느낄 수가 있었어요. 내가 이 방법으로 치유된 사람들을 직접 만나서 인터뷰하고 싶은데 시간을 내줄 수가 있겠습니까?"

서정범 교수였습니다.

학회가 설립 된지 두 달밖에 되지 않은 짧은 시간이었기 때문에 임상사례를 확보하는 것이 쉬운 일은 아니었지만, 다행히 환자들의 치유사례를 20명 정도 확보하고 있던 터라 그분의 요청을 들어 드릴 수가 있었습니다.

처음부터 열심히 활동해 왔고 그만큼 치유효과가 뛰어났기 때문에 가능했던 일입니다.

며칠 후 서정범 교수는 필자와 함께 회원 한 사람 한 사람을 모두 찾아다니며 배꼽링을 통해서 치유된 사람들의 상태를 직접 확인하였고 그 사실들을 『기치료와 초능력』이란 책에 소개하게 됩니다.

그 중에는 치료가 어려운 간 경화증 환자와 중풍 환자가 있었는데 간경화증 환자는 치유를 시작한 지 한 달도 되지 않아서 완치된 사례였고 중풍으로 전신이 마비되어 기저귀를 차고 지냈던 80대 할머니는 두 달도 채 되지 않아서 정상으로 돌아온 사례입니다.

그 일을 계기로 그분은 학회의 홍보대사를 자칭하며 강의를 하거나 언론매체와 인터뷰를 할 때마다 배꼽링요법을 소개하게 됩니다.

그분이 이토록 생소한 요법을 세상에 널리 알리고자 애썼던 이유는 교수와 학자의 입장에서 자신의 편익보다는 국민의 건강을 먼저 생각하였기 때문입니다.

제일 먼저 자신이 시험해 보고 난 뒤에 다른 사람들의 임상사례를 꼼꼼히 살펴보며 재차 확인한 것은 그분의 신중한 성격을 말해 줍니다.

자신의 성급함 때문에 혹시라도 "국민에게 잘못된 정보를 제공하게 되어서는 안 된다."는 염려 때문이었다고 합니다.

그분은 젊은 시절부터 갖은 병마에 시달리며 고통을 겪었는데 본인의 말에 따르면 간장과 위장이 약해서 늘 위장병을 달고 살았고 기운이 없어서 점심을 먹고 난 후에는 의자에 앉아 잠깐씩 눈을 붙이고 휴식을 취해야만 활동을 할 수 있었다고 합니다.

그러던 것이 배꼽링과 파스요법을 사용하고부터는 기력이 좋아져서 식사의 양도 늘고 활력이 넘치게 되었다고 하는데 "이것이 회춘이 아니고 무엇이겠느냐?"며 기뻐했습니다.

그로부터 4년이 지난 2002년 봄에는 경희대학교와 경희의료원의 설립자이자 학원장 직을 맡고 있었던 조영식 박사님이 두 달에 걸쳐 필자에게 치유를 받게 되었습니다.

당시 그분은 노령으로 기력이 떨어져서 감기가 낫지 않아 애를 먹고 있었으며 아침에는 멀쩡하다가도 저녁에는 기력이 달려서 말하는 데 힘이 들었다고 합니다.

그래서 서정범 교수를 통해 필자에게 치유를 받게 되었는데 어느 날 하루는 옆에 앉은 서정범 교수를 가리키며 이런 말씀을 합니다.

"저 사람이 예전부터 건강이 아주 안 좋았어. 그래서 과연 70세를 맞을 수 있으려나 하고 걱정을 했었는데 어느덧 80을 맞은 지금은 나보다 더 건강한 거야. "

그러면서 흥분한 어조로 말을 이어갑니다.

"아니, 그러던 저 사람이 지금은 어떻게 나보다 더 건강할 수가 있는가?"

도저히 이해할 수 없다는 듯 그분은 놀라운 표정으로 서 교수를 바라봅니다.

그러자 옆에서 가만히 듣고 있던 서정범 교수가 그분에게 다음과 같은 말을 합니다.

"학원장님 허약했던 제가 이렇게 건강을 지키고 사는 것은 체질대로 음식을 가려먹고 배꼽링으로 치료를 하기 때문입니다. 그러니 학원장님께서도 열심히 해 보세요."

서 교수의 권유를 받아들인 조영식 박사는 이후 두 달 동안 필자와 유준희 교수의 치유를 받고 건강을 회복하게 됩니다. 그리고 그 답례로

"내가 어떻게 전 선생을 도울 일이 있는가?"를 물어왔는데 필자는 "개인의 입장에서 새로운 치유법을 발전시키려니 어려움이 많습니다. 유능한 교수님들과 함께 연구하여 난치와 불치병의 치유법을 완성하는 것이 저의 바람입니다." 하는 뜻을 전했습니다.

그러자 필자의 말을 들은 학원장은 고개를 끄떡이며 "내가 할 수 있는 모든 지원을 아끼지 않겠다."는 말씀을 하셨습니다.

이와 같은 다짐에도 여러 가지 사정에 의하여 높은 뜻이 이루어지진 못했지만, 배꼽링요법에 대한 그분들의 사랑과 기대가 얼마나 컸는가를 알 수 있는 대목입니다.

이별

　밤사이 비가 그치고 맑게 갠 하늘에는 이따금 흰 구름이 바람의 성화에 못 이겨 떠밀려 갈 뿐 한국에서 보던 가을의 풍경 그대로입니다.

　필자는 지금 한의원의 원장님과 함께 배꼽링에 관한 연구를 하기 위해서 미국 워싱턴 주에 있는 시애틀이란 도시에 잠시 머물며 이 글을 쓰고 있습니다.

　이글이 책으로 나오게 될 즈음에는 다시 한국으로 돌아가서 학회의 일에 전념하고 있겠지만, 현재 필자가 머물고 있는 이곳은 시애틀 외곽에 있는 작은 시골 마을입니다.

　어제만 하여도 쉬지 않고 퍼부어 대던 비 때문에 우기가 일찍 닥치는 것은 아닐까 하며 걱정을 했었지만 공연한 기우였나 봅니다.

　화창한 오후 바람도 상쾌하고 기분이 좋아진 나는 산책을 위해 현관문을 열고 밖으로 나갑니다.

　문 앞을 나서면 앞쪽으로 파란 잔디밭이 펼쳐져 있는데 옆으로는 작은 계곡이 바라다보이고 계곡을 따라 높이 솟아 있는 큰 나무들 사이로 쉴 새 없이 지저귀는 새들의 합창소리가 들려옵니다.

전형적인 미국의 시골 마을입니다.

계곡과 잔디밭 사이로 난 길을 따라가자 산딸기 넝쿨들이 덤불처럼 한대 어우러지며 굵직한 산딸기들이 가지마다 한가득 가을 햇살을 머금고 풍성하게 영글어 갑니다.

멍석딸기처럼 커다란 이곳의 딸기들은 모두 검은색을 띠고 있는데 한국에서는 이와 같은 딸기들을 복분자라고 해서 귀한 음식으로 여깁니다.

복분자의 효능을 누구보다 잘 알고 있던 터라 오후에 산책할 때마다 잘 익은 산딸기를 한 움큼씩 따서 먹곤 하는데 데글데글한 딸기를 한입 가득 물고 깨물라치면 조금은 시면서도 달콤한 진액이 향긋한 냄새를 풍기면서 목젖을 타고 내려갑니다.

풍미가 그만입니다. 몸에 좋다는 열매가 맛까지 일품이니 이보다 더 좋을 수가 없어서 입가에는 흐뭇한 미소가 저절로 번져갑니다.

몇 집 건너에 있는 미국사람 집 안마당에는 사과나무가 한 그루 서 있는데 동화 속에 나오는 그림처럼 가지마다 빨간 사과가 주렁주렁 달려 있습니다.

이곳에 사는 사람들은 집 근처에 있는 과일들은 먹지 않고 과수원에서 생산되는 과일만을 먹기 때문에 사과들은 겨울이 오기 전까지는 없어지지 않고 이파리와 함께 나뭇가지에 남아서 계절의 풍취를 더해 줄 것입니다.

복분자와 사과를 보고 나니 "체질대로 먹어야 병을 예방할 수 있다."며 체질론을 역설하시던 교수님 생전의 모습이 생각납니다. 하지만 체질에 맞춘 식이요법도 한계가 있었고 암과 겨루기에는 역부족이어서 방광암으로 돌아가시기 며칠 전에는 필자에게 전화를 걸어서 "나는 이렇게 갈지라도 꼭 새로운 방식의 치유법을 완성해서 전 선생의 뜻을 이루기 바란다."는 당부의 말씀을 하셨는데 그것이 그분과 나눈 마지막 대화가 되고 말았습니다.

　고 서정범 교수의 명복을 빕니다.

2장

임상시험

치유법의 원리로 특허를 받다

10여 년 전의 일입니다. 지방의 한 한방대학교에서 교수와 간호사들에게 강의를 하고 있는데 갑자기 점잖게 생긴 분이 들어와서는 날이 선 질문을 던집니다.

"이 치료법에 대한 이론이 있기는 한 겁니까?"

초청되어 간 자리에서 나온 예상치 못한 반응이니만큼 당혹감을 감추기가 어렵습니다. 그러나 강의 중이라 애써 냉정함을 유지하고 있는데 필자를 초청한 교수님이 그 옆에서 간단한 설명과 함께 준비해 간 필자의 저서를 내어 줍니다.

"그런데 왜 보고가 없었지?"

나중에 알고 보니 그분은 그곳 한방대학교의 병원장이었습니다. 강의가 끝난 후에 필자는 병원장실에서 잠시 그분을 위한 설명에 들어가게 되는데 설명을 마치고 나자 병원장은

"대학에 상인을 불러 장사를 하는 줄 알았다."며 사과를 합니다.

교수들에게 들으니 보고를 했지만, 병원장이 전화 통화를 하면서 흘려들은 것 같다고 합니다.

당혹스러운 일이었지만 첫인상과는 달리 병원장은 마음이 열린 분이었고 얼마 뒤에는 서울에 있는 학회까지 직접 찾아와서 네 시간 동안이나 강의를 듣고 갈 정도로 필자가 개발한 치유법에 관심을 끌게 됩니다.

　지금은 에피소드로 남은 옛일이지만 그때의 일이 계기가 되어서 새로운 방식의 치유법을 개발하는 과정에서는 원리를 증명하는 일에 각별한 노력을 기울이게 되고 그와 같은 노력에 힘입어서 2011년 4월 드디어 필자가 연구해서 만든 장치가 발명특허를 획득하는 결실을 보게 됩니다.

　발명특허란 과학적 원리에 의한 인과관계가 분명하게 나타나야 함은 물론이고 창의적인 생각으로 기존의 방식을 뛰어넘는 결과를 증명해 보여야 특허를 내 주는 국가제도입니다.

　특허를 획득한 필자의 작품은 배꼽링의 작용을 전기회로를 통해서 그대로 구현한 것이기 때문에 배꼽링요법의 원리가 과학적으로 인정을 받은 것과 같은 의미입니다.

　한 예로 본체와 연결된 전극판 중앙에는 현재 학회에서 사용하고 있는 배꼽링이 실제의 모습 그대로 설치된 것을 볼 수 있는데 이곳에서 플러스의 전류가 발생하게 됩니다.

　배꼽링을 중심으로 그 주위에는 열여덟 개에 전극봉이 16기맥에 하나씩 닿도록 구성되어 있고 따로 마련된 두 개의 전극봉에서는 마이너스의 전류가 만들어져서 배꼽링에서 발생한 플러스의 전류와 함께 작용하게 됩니다.

　이와 같은 시스템의 설계가 가능할 수 있었던 것은 필자가 오랜 세월 동안 배꼽링의 치유효과를 검증하고 살펴보는 과정에서 '인체에는 전기가 흐르고 있으며 배꼽링의 치유효과는 은과 같은 금속이 피부에 접속되었을 때 발생하는 전기에 의한 것이다.'라는 사실을 알아냈기 때문입니다.

또한 '인체에 금속이 닿게 되면 전기가 발생하게 되는데 은으로 만들어진 배꼽링에서는 플러스의 전기가, 그리고 그 옆에 자리 잡고 있는 철 성분의 전극봉에서는 마이너스의 전기가 발생하게 된다.'는 물리적 원리를 밝혀내게 되었고 그 이치를 증명받아서 발명특허를 획득하게 된 것입니다.

이와 같은 원리를 통해서 만들어진 전류는 금속과 인체의 접촉을 통해서 만들어진 자연친화적인 전류이기 때문에 기존의 방식에 비하여 부작용이 거의 없고 안전하다는 장점을 갖고 있습니다.

법률적인 제약 때문에 지면상으로는 구체적인 설명을 하기가 어렵지만, 기력회복에 영향을 주어서 치유를 돕는 것으로 나타났습니다.

앞으로의 발전이 기대되는 부분입니다.

전설의 천사들

천사와 악마

아주 오랜 옛날 하늘에는 세 명의 천사가 살고 있었다고 합니다. 그들에게는 하느님을 대신해서 인간을 돕는 사명을 줬는데 어느 날 한 천사의 마음에 동요가 일기 시작합니다.

일하면서 살펴보니 주어진 조건이 마음에 들지 않았을 뿐만 아니라 자신의 존재가 하느님 못지않다고 여기게 된 것입니다. 그러자 그 천사는 어느 날 "내가 바로 신이다."라는 폭탄선언을 하고 하느님과 맞서 싸우며 인간을 불행에 빠지게 하는 역할을 하게 됩니다. 악마의 탄생입니다.

"본래에는 천사의 신분이었지만 반란을 일으켜서 악마가 되었고 인간을 괴롭히고 있다."는 이야기입니다.

세포들은 저마다 활동하는 기간이 정해져 있어서 하나의 세포가 임무를 마치고 나면 다른 세포가 그 자리를 대신하면서 이전의 세포는 수명을 다하고 죽게 됩니다.

그렇지만 때로는 세포의 성질이 바뀌어 죽음을 거부하고 비정상적인 괴물로 돌변해서 주변의 세포를 공격하는 사건이 벌어지게 되는데 인간의 생명활동을 위해서 만들어졌던 세포가 오히려 인간을 공격하고 죽음으로 이끄는 존재로 변질하게 됩니다.

암이라는 병은 이처럼 우리 몸의 정상세포가 변절해서 반란을 일으키는 현상으로 천사가 변절해서 악마가 되는 이야기와 너무도 흡사합니다.

암이 두렵게 여겨지는 이유는 한 번 발생하면 치료가 어려워서 재발을 거듭하는 경우가 많으며 악마처럼 인간의 생명을 죽음에 이르게 하기 때문입니다.

암이 발생했을 때 치유하는 방법은 크게 두 가지로 나누어집니다.

첫 번째는 수술과 방사선 치료와 같은 방법으로 직접 암세포를 떼어내거나 파괴해서 죽이는 것이고 두 번째는 인체의 면역력을 높여서 자가치유력을 통해 암을 괴멸시키는 방법입니다.

물론 가장 효과적인 방법은 이 두 가지 방법을 모두 사용하는 것이지만 기존의 치료방식만으로는 단 한 가지도 만족스럽게 완성된 것이 없는데 필자가 새로운 방식의 치유법을 개발하게 된 이유입니다.

새로운 요법의 개발은 특허를 받을 때와는 비교도 안 될 만큼 힘들고 어려움이 따르는 작업이어서 특허를 출원하고 나서도 또다시 2년이 넘는 세월을 연구와 실험을 반복해 가며 난제를 극복하기 위해서 고생을 해야 했습니다.

암과 같은 불치병과 맞선 싸움에서 승리하기 위해서는 더욱 진보된 형태의 치유방식이 요구되었기 때문입니다.

닭 잡는 칼이 필요한 이유

암은 치료가 쉽지 않다는 것도 문제지만 더욱 두려운 것은 암세포를 모두 없앤다고 해도 언제 다시 재발할지 모르며 암이 제거된 이후에도 다시 다른 질환으로 이어져서 사망하는 경우가 적지 않다는 사실입니다.

수술로 암세포를 모두 떼어낸다고 해도 암이 발생하게 된 근본적인 원인이 제거되는 것은 아니며 항암치료를 받는 과정에서 오히려 면역력이 약해지기 때문입니다.

불씨가 남아 있는 한 암은 언제든지 다시 재발할 수 있고 다른 질환으로 변질하여 나타날 가능성 또한 높아지게 되는데 암이 다른 병에 비해서 재발이 많은 이유입니다.

새로운 방식의 치유법은 이와 같은 문제점을 해결하기 위해서 항암치료를 받은 환자의 면역 기능이 높아지도록 유도하고 자가치유력을 이용하여 본인 스스로 자신의 병을 치료할 수 있도록 도와주는 역할을 합니다.

이를 위해서 식이요법은 물론 새로운 치유 방법을 사용하게 되지만 근본적인 원리는 배꼽링에서 가져온 것이므로 새로운 방식의 치유법을 이해하기 위해서는 먼저 배꼽링요법의 원리를 살펴봐야 합니다.

우리말에 "닭 잡는 칼과 소를 잡는 칼이 다르다."는 말이 있는데 질병을 치유할 때에도 작은 병에는 간단한 방법을 쓰고 큰 병에는 새로운 방식의 치유법을 써서 치유하면 상대적으로 적은 비용으로 효율적인 성과를 거둘 수 있습니다.

그럼 다음 장에서는 먼저 임상시험을 하는 과정에서 발생했던 갖가지 에피소드와 함께 배꼽링에 관한 내용을 살펴보기로 하겠습니다.

제3의 의학

　며칠 전 집으로 돌아오는 길에 택시 안에서 우연히 기사님과 한방의학과 대체의학에 관한 이야기를 나누게 되었습니다.

　"요즘은 경기가 없어서 힘이 드시겠어요?"

　"사는 게 다 그렇지요. 뭐."

　기사님이 말끝에 한숨이 배어 나옵니다.

　"병원에도 환자가 없는데 다른 곳이야 오죽하겠습니까."

　"그러게 말이에요. 어제는 작은아버지가 중풍으로 입원해 있어서 한방병원에 갔었는데 정말 병원이 한가하더군요."

　하는 일이 그렇고 늘 병과 관련된 연구에 빠져 살다 보니 새로운 사람을 만나게 될 때에도 건강에 대해 의견을 나누게 되는 경우가 많습니다.

　그분의 말에 따르면 예전에는 환자가 너무 많아서 한참을 기다려야 했던 곳인데 너무 한가해 보여서 많이 놀랐다고 합니다.

　"허리가 아프거나 풍을 맞았을 때는 그래도 침이 제일인데 한의원에는 왜 그렇게 손님이 없는지 모르겠습니다."

이런저런 이야기를 하다 보니 이야기의 중심은 자연스럽게 대체의학의 필요성으로 옮겨가게 되었는데 얼마 전에 있었던 헌법재판소의 판결 내용으로 이어지게 됩니다.

'의사들만이 환자를 치유할 수 있는 현행법이 문제가 있으니 바로 고쳐서 대체의학에 종사하는 사람들에게도 일정한 기준을 두고 검증을 거쳐서 환자를 치유할 수 있는 권리를 주어야 한다.'라는 취지로 관련 계통에 있는 사람들이 헌법소원을 냈던 것이었는데 모 방송국에서 특집으로 다룬 탓에 40대 중반의 기사님까지도 관심을 끌게 되었나 봅니다.

의료계에서는 보완대체의학이란 용어로 부르고 있지만, 대체의학이란 한방과 양방의학으로 고칠 수 없는 병이나 증상을 치유하는 방법을 통털어서 부르는 말입니다.

책에서도 군이 치료라고 하지 않고 치유라는 표현을 쓰는 이유도 제도권 의학과 구분을 하기 위함이지만 환자의 입장에서는 생명과 관련된 선택권에 관한 문제이니만큼 효과가 높은 방법에 관심을 두는 것은 너무나 당연한 일입니다.

"결과가 어떻게 되었는지 모르겠네요."

판결 결과가 궁금한 듯 그가 말했습니다.

"그게 어디 그렇게 간단히 해결될 문제이겠습니까? 세월이 많이 지나야 하겠지요."

이런저런 이야기를 하다 보니 어느새 집 앞입니다.

기사와 작별을 하고 집안으로 들어와 TV를 켭니다.

늦은 밤, 개그맨들의 익살 속에서 오락프로가 한창이지만 웃고 즐기는 것도 잠시 소파에 기대어 방송을 보고 있으려니 12년 전의 기억들이 아련한 추억처럼 떠오릅니다.

필자가 처음 조영식 박사님을 만나게 된 것은 서정범 교수를 통해서였는데 배꼽링을 통해 인연을 맺고 6개 쯤 지났을 때 그분이 제게 의미심장한 말씀을 합니다.

"음, 조금만 더 기다려 봐요. 내가 곧 중요한 사람을 만나게 해 줄 테니까."

언제부터인가 필자를 만나면 한 번씩 하던 말씀으로 구체적인 내용에 관해서는 언급이 없던 터라 전혀 짐작하지 못 하고 있었습니다. 그런데 며칠 뒤 필자에게 한 통의 전화가 걸려옵니다.

"이틀 뒤에 후에 경희대학교에서 학원장님을 찾아뵙기로 하였으니 내일 저녁 5시까지 학교 앞으로 와요."

교수님입니다. 갑작스러운 말씀에 까닭을 물으니,

"내가 그동안 배꼽링으로 나 자신이 경험을 해보고 주위의 사람들에게 직접 치유해 본 결과 '확실히 효과가 있다'는 확신이 들어서 학원장님께 말씀을 드리고 약속을 잡았다."는 것이었습니다.

나중에 알게 된 일이지만 학원장님 역시 약이 잘 듣지 않는 체질 때문에 대체의학을 "제3의학"이라고 부르며 높은 관심을 가지고 있었다고 합니다.

당시 조 영식 박사님은 경희대학교와 대학원의 학원장직을 맡고 있었는데 저명한 대학과 대학병원의 재단 이사장인 학원장과의 만남은 대단히 놀라운 통보입니다.

대학병원 그것도 한국 제일의 한방대학 병원에서 필자가 개발한 배꼽링요법의 효능을 실험해 볼 좋은 기회이기 때문입니다.

설렘 속에서 정신없이 하루가 지나가고 마침내 그분을 만나는 날입니다.

말로만 듣던 명사를 만나서 중요한 일을 하러 가는데 준비가 소홀하면 안 될 것 같아서 당일 날 오후 깨끗이 양복을 차려입고 미리 챙겨놓은 자료들을 들고서 집을 나섭니다.

정문에서 서 교수님을 만나서 함께 학원장실로 향했는데 학원장실 앞에는 사회의 여러 인사가 줄지어 앉아서 면담 순서를 기다리고 있습니다.

우리도 그 옆에 앉아서 학원장이 일을 마치기를 기다립니다. 그리고 얼마 후 비서의 안내를 받아서 들어간 곳은 학원장실 옆에 있는 커다란 회의실입니다.

잠시 앉아 있으려니 양방병원과 한방병원의 원장들이 들어왔고 이어서 학원장님이 모습을 보입니다.

"어서들 와요. 미안합니다. 내가 늦었지요? 일을 좀 줄이려고 해도 잘 안되는군요."

"아닙니다. 저희도 조금 전에 왔는걸요."

인사를 마치자 서 교수님이 옆에 있는 필자를 학원장께 소개합니다.

"아, 반가워요. 선생에 관한 이야기는 서 교수를 통해서 자세히 들었습니다. 훌륭한 일을 하고 계신다고, 허허허!"

그분은 점잖게 웃으시면서 앞에 있는 병원장들에게 다시 필자를 소개하였고 그러는 사이 비서들이 접시에 빵과 과일 등의 음식을 날라

왔습니다.

"저녁 시간이 되었는데 시간이 없으니 양식으로 간단하게 식사를 마친 후에 전 선생의 이야기를 들어 보도록 합시다."

학원장의 말씀입니다.

모두가 식사하는 동안 서정범 교수는 밥 먹는 것도 잊은 채 병원장들에게 열심히 설명합니다.

"내 친척 중에도 의사가 많이 있지만 어쩐 일인지 내 몸에는 약이 잘 받지를 않아요. 그래서 그동안 밖에서 여러 가지 치료를 받아 보았는데 내가 여태껏 살면서 이렇게 확실하고 뛰어난 치유법은 경험해 본적이 없습니다."

그러면서 본인이 직접 체험했던 사실과 임상사례에서 나타난 여러 가지 이야기들을 전하였는데 식사를 마칠때 까지 이어진 그분의 말씀은, "한방과에서 이 요법을 받아들인다면 아마도 세계적인 치료 법이 될 것으로 확신합니다."는 말로 끝을 맺었습니다.

식사한 후에는 학원장님의 요청으로 배꼽링의 원리에 관하여 설명을 하는 시간이 필자에게 주어졌습니다.

학원장님은 물론이고 대학병원의 원장님들이 모인 자리여서 긴장은 되었지만 침착하게 미리 준비해 간 자료를 나누어 준 다음 최선을 다해 설명해 드렸습니다. 신중한 분위기입니다.

이후 병원장들이 돌아가고 난 다음 학원장의 요청에 의해 필자는 직접 그분의 몸 상태를 살핀 후에 치유에 들어가게 됩니다.

"딱히 질병이 있는 것은 아니다."라고 했지만 새로운 요법에 대한 관심의 표현으로 배꼽링의 효과를 체험해 보고 싶었던 것 같습니다.

그날은 그렇게 마무리가 되었습니다. 다음 날부터는 필자가 직접 학원장댁을 방문해서 치유하게 되었는데 특별한 문제는 없었지만 약간의 부정맥이 있다고 합니다.

부정맥이란 맥박이 불규칙하게 뛰는 증상입니다.

"병원장은 신경을 쓰지 않아도 된다고 하고 별다른 느낌이 있는 것도 아니지만 이상이 있는 것은 사실이네."

복진을 하니 좌측 위장기맥에서 압통이 나타납니다. 곧바로 배꼽 링을 이용해서 독맥의 기운을 다스린 후에 위장의 기운을 조절했더니 얼마 지나지 않아서 부정맥이 사라지고 맥박이 정상으로 돌아옵니다.

부정맥이 사라졌다고 말씀을 드리자 학원장은 직접 자신의 손목에서 맥을 잡아가며 재차 확인합니다.

"음, 그것참 신기한 일이로군."

놀라는 기색이 역력합니다. 그동안 재단에서 운영하는 대학병원에서 여러 가지 치료를 받았지만 이와 같은 반응은 처음 겪는 일이기 때문입니다.

몇 번의 치유만으로 완치된 것은 아니지만 '확실한 효과'를 판단하기에는 충분한 반응입니다.

다양한 음식이 암을 만든다

"음. 난데, 전 선생인가?"

그 일이 있고 난 지 며칠 지나지 않아서 다시 서 교수님에게서 전화가 왔습니다.

"내일 대학의 여러 병원장이 모이는 중요한 모임이 있는데 학원장님이 특별히 전 선생을 초청하고 싶어하니 시간을 좀 내야 하겠소."

말씀을 들어보니 미국에서 온 저명한 박사님의 요청에 의해서 열리는 회의였는데 학원장께서 "전 선생이 참여해서 함께 의견을 들어보면 좋을 것 같다."는 말씀을 전했다고 합니다.

아마도 부정맥을 치유한 일이 그분에게 깊은 인상을 주었었나 봅니다. 그러나 망설여지지 않을 수 없습니다.

단순한 모임도 아니고 학원장은 물론 외국에서 온 귀빈과 대학병원의 병원장들이 모여서 회의를 하는 자리이기 때문입니다.

중요한 회의에 초청을 받은 것은 고마운 일이지만 참석을 하는 것이 옳은 일인지 아니면 거절을 해야 하는지 얼른 판단이 서지를 않습니다. 내심 염려도 되고 해서, "제가 그런 회의에 어떻게 참석을 하겠습니까?"라며 조심스럽게 거절을 합니다.

그런데 "학원장의 호의를 거절하는 것은 예의가 아니다."라며 막무가내로 강요하시니 더는 어쩔 도리가 없어 독한 마음을 먹고 참석을 하게 됩니다.

그날 회의에는 양방병원의 병원장 한 분과 한방병원의 병원장 두 분이 참석해서 한쪽 자리에 앉았고 맞은 편 자리에는 미국의 저명한 암 센터에서 부원장을 지내셨다는 분과 양명회의 이원섭 회장이 앉아 있었습니다.

필자는 본의 아니게 학원장과 얼굴을 마주하며 정면에서 앉게 되었는데 어려운 자리이니만큼 회의가 끝날 때까지 긴장을 풀지 못하고 조심스럽게 자리를 지켰습니다.

회의의 주제는 불치병이라고 할 수 있는 암에 관한 새로운 방식의 치료법입니다.

2시간 동안 이어진 회의에서 미국의 유명한 암 센터에서 부소장을 지내셨다는 저명한 박사님은 미국에서 실행되고 있는 여러 가지 치유법에 관하여 설명을 하였습니다.

"현대인들은 과거에 비해서 지나치게 다양한 음식을 섭취하고 있습니다. 그러다 보니 우리의 몸이 미처 적응하지 못하여 암으로 발전한다고 보는 것이지요."

일리가 있는 말씀입니다.

"그래서 제가 있던 병원에서는 음식의 가지 수를 줄이고 가능한 한 간단한 식사를 권하게 됩니다."

그러면서, "여기 병원에서도 비슷한 방식의 치유를 해 보는 것이 어떻겠습니까?" 하는 말씀을 했는데 미국에서 진행하던 방식의 연구를 제안하는 내용이었습니다.

그분은 그 밖에도 "예수의학"이라는 자신의 저서를 설명하면서 불치와 난치병에 관한 나름대로 의견을 피력하였는데 말이 끝나자 잠자코 듣고 있던 학원장이 말씀하십니다.

"박사님께서 '예수의학'이란 책에 관해서 얘기했는데 저쪽에 앉아 있는 전 선생이야 말로 예수의학을 실제로 실행하는 분입니다. "

그러면서 자신이 경험하였던 일과 서정범 교수를 통하여 들은 사례들을 이야기합니다.

"나도 직접 경험한 일이지만 허리를 못 쓰던 사람이 즉석에서 일어나고 중풍으로 다리가 마비되어 꼼짝을 못하던 환자가 걸음을 걷는다니 이보다 확실한 예수의학이 또 어디 있겠소?"

이와 같은 사실들은 얼마 뒤에 방영되는 TV 프로그램을 통해서도 여실히 증명되는 일이니만큼 무리한 얘기는 아니지만, 문제는 연설을 하고 있는 박사님입니다.

찰나의 순간이지만 그분의 얼굴에 당혹감이 스치는 것을 발견합니다.

필자는 아무런 말도 하지 않은 채 그분들의 말씀만을 경청하고 있었지만, 본의 아니게 결례를 한 것 같아 미안한 마음에 얼굴이 붉어집니다.

'역시 힘든 자리구나!'

앉은 자리가 가시방석 같다는 생각을 합니다.

대학교육의 교과 과정에 한의학을 받아들인 사실에서도 알 수 있지만, 학원장은 스스로 자신의 맥을 짚어서 진단할 만큼 높은 의학적 지식을 갖고 있었습니다.

그런 이유 때문인지 배꼽링을 옮겨 붙일 때마다 달라지는 맥박의 변화를 유심히 관찰하였고 자신의 몸을 통해서 나타나는 배꼽링의 효과에 대해서 확신을 했던 것 같습니다.

회의가 끝나자 학원장은 필자가 있는 자리에서 병원장들에게 다음과 같은 지시를 내립니다.

"전 선생에게 아무런 대가도 요구하지 말고 배꼽링에 대한 임상시험을 진행하도록 하고 모두가 협력해서 올바른 결과를 제출하도록 하시오."

이제 시작에 불과한 일이지만 벌써 모든 것을 얻은 것처럼 기쁘고 가슴이 설레어 옵니다. 임상시험의 결과에는 자신이 있기 때문입니다.

회의를 마치고 밖으로 나오는 길입니다. 한방병원장이 다가와서 알듯 모를듯 한 말을 건넵니다.

"선생님께서는 우리병원에서 임상시험을 했다는 사실만으로 큰 경력이 될 것입니다."

지당한 말씀이었지만 그분은 필자가 잘 알아듣지 못했다고 생각했는지 혼잣말처럼 같은 말을 반복합니다. 왠지 다른 뜻이 담겨 있는 것 같은 느낌입니다.

그 말씀이 갖는 의미가 무엇이었는지는 임상시험이 끝난 후에야 알게 되었지만 '더 이상의 진행은 불가능한 일이고 그냥 임상시험을 했다는 사실에 만족하라.'는 뜻이었던 것 같습니다. 그렇지만 그것은

다음의 일이었고 임상시험을 한다는 사실에 가려져서 금방 잊어지고
말았습니다.

배꼽에 침을 놓으면 죽는다?

임상시험

지금은 사정이 많이 나아졌지만, 당시만 하여도 대체요법에 대한 의학계의 시선이 매우 차가웠습니다.

국내에서는 대학병원에서 대체요법을 임상시험 한 예가 한 건도 없다고 합니다.

그와 같은 사정은 지금까지도 달라진 것이 없지만, 개인의원은 물론이고 일반병원조차 엄두를 낼 수 없었던 상황에서 대한민국 최고의 한방대학 병원에서 임상시험을 한다는 것은 기적에 가까운 일입니다.

그만큼 배꼽링요법의 효능이 뛰어났기 때문이지만 국민 보건에 대한 서정범 교수와 학원장의 높은 뜻이 있었기 때문에 가능했던 일이라고 생각합니다.

아무튼 "불가능한 일"로만 여겨지던 주위의 고정관념을 깨고 배꼽링요법은 1998년 봄, 경희대학교 한방병원에서 치유효과에 대한 우수성을 인정받기 위하여 각종 난치병 환자를 대상으로 3주에 걸친 임상시험에 돌입하게 됩니다.

임상시험이 시작되던 첫날, 필자는 학회의 직원을 대동하고 병원 장실을 찾아갔습니다.

간단한 인사를 마치고 난 뒤 병원장은 필자에게 신현대 교수를 소개하게 되는데 그분은 몇 년 뒤에 한방병원장이 되고 대통령 주치의를 맡게 되는 유능한 교수입니다.

학원장과 같은 훌륭한 분을 만나게 된 것도 영광스러운 일이지만 후에 대통령 주치의를 지내는 분과 함께 임상시험을 하게 된 것은 필자에게는 잊지 못할 소중한 기억입니다.

그렇지만 그분을 처음 만났을 때는 몹시 당혹스러웠습니다.

"배꼽을 치료의 중심점으로 삼는다? 이와 같은 요법이 고전에 나와 있는 겁니까?"

예상치 못한 질문에 잠시 말을 잊고 바라보다 볼멘소리로 대답합니다.

"교수님께서 모르시는 것을 제가 어찌 알겠습니까?"

그랬더니 곧바로 다음 질문이 이어집니다.

"배꼽은 침을 잘 못 놓으면 사람이 죽을 수도 있는 자리인데 어떻게 배꼽이 치유점이 될 수 있습니까?"

황당한 질문에 딱히 대답할 말을 찾지 못합니다.

'배꼽을 손가락으로 긁으면 배가 아프게 된다.'는 말은 들어 본 적은 있지만, 배꼽에 침을 놓으면 사람이 죽는다는 사실은 그때 처음 알게 된 이야기입니다.

필자가 당황해서 머뭇거리자 그분은 "나는 고전에 없는 것에는 관심이 없다."며 찬물을 끼얹었습니다.

당시에는 상처를 받을 만큼 실망스러운 일이었지만 지금에 와서 생각해 보면 가식이 없는 순수한 분이었다는 생각을 하게 됩니다.

아무튼, 필자가 당황스러운 빛을 감추지 못하자 그분은 다시 "어찌되었든지 일단 시작해서 결과를 살펴보자"며 분위기를 반전시켰는데 처음에 비해서는 다소 누그러진 말투입니다.

"관심이 없다."는 말과는 달리 신 교수는 직접 환자를 선별하여 임상시험을 하도록 하고 인턴 과정에 있는 학생들을 동행시켜서 사실적인 내용을 기록하도록 지시를 하였는데 처음에 가졌던 선입감과는 달리 바쁜 와중에도 일일이 환자들의 의견을 직접 들어가며 상황을 살피는 열정을 보입니다.

자신의 의지가 있었던 것도 아니고 마음에 드는 실험도 아니었지만, 환자를 대상으로 하는 임상시험이어서 그랬는지 관심을 두고 신경을 쓰는 모습입니다.

첫인상은 부정적이었지만 맡은 일에 책임을 갖고 최선을 다하는 성실한 태도에 고마움마저 들었는데 때로는 "전 선생. 이 사람도 효과가 좋았다는데 오늘 다시 한 번 해봅시다." 하면서 처음과는 달리 편견 없는 마음으로 환자들의 의견을 전하기도 하였습니다.

한방대학교 재활진료실의 특성상 실험대상자들은 주로 허리디스크와 중풍환자 그리고 다리나 어깨통증이 심한 사람들이었는데 동네 병원에서는 전혀 효과를 보지 못하여 큰 병원을 찾아 멀리까지 온 고질병 환자들입니다.

더군다나 필자에게 맡긴 10여 명의 환자 대부분은 병원에서도 치유가 잘 되지를 않아서 애를 먹는 사람들입니다.

　불공정한 조건하에서 이루어진 임상시험이라고도 할 수 있었지만 "그것이 대체의학의 역할이 아니냐?"는 묵언의 주장에는 할 말이 없습니다. 병원에서 고칠 수 있는 병이라면 굳이 외부 사람들에게 맡길 이유가 없기 때문입니다.

　의사들이 감독하는 상황에서 그와 같은 환자들을 일주일에 두세 번씩 치유를 하고 결과를 지켜보는 시험이 계속되었습니다.

　통증이 심한 환자들을 치유하다 보니 가끔은 생각지 못한 문제점이 나타날 때도 있습니다. 치유를 마치고 며칠 후에 가보면 "허리가 더 아파져서 죽을 뻔했다."는 사람도 있고, "다리가 더 불편해서 걷지를 못하겠다."며 불평을 하는 사람들도 나타나게 되는데 그럴 때면 병원의 의사들이 난리가 납니다.

　"당신들 때문에 우리 병원의 이미지가 나빠졌다. 어떻게 할 것이냐?"며 몰아세울 때는 당황해서 얼굴이 붉어졌습니다. 그런데 같은 사건을 두고도 일반 의사들과 담당교수의 의견은 달라서 "죄송합니다. 교수님 지난번 치유에 좀 착오가 있었던 것 같습니다."하고 사과를 드렸더니

　"나는 그런 반응에 개의치 않는다. 효과가 없었다면 아무 일도 없었을 터인데 무엇인가 작용하니까 그런 반응이 일어난 것이 아니겠는가?"하며 상반된 태도를 보입니다.

　사람마다 갖고 태어난 그릇이 있다고 하더니 '큰 그릇을 가진 사람은 무엇이 달라도 다르구나!'하는 것을 새삼스럽게 깨닫게 됩니다.

　그들에게 일어났던 일들은 명현현상이란 호전반응으로 한방에서

침과 뜸으로 치료를 하거나 기치료를 할 때에 흔하게 나타나는 현상들입니다.

학회에서 하는 실험이었다면 간단하게 해결할 수 있는 일이었지만 배꼽링을 지급할 수 없는 상황이었기 때문에 일어난 작은 해프닝들입니다.

그 일을 통해서 대체의학에 대한 의료인들의 부정적인 시각을 다시 한 번 확인하게 되지만 또 한편으로는 공정한 의식을 갖고 환자를 우선하는 사람들도 있다는 것을 알게 되어 적지 않은 위안을 받게 됩니다.

그분은 배꼽을 치료점으로 삼는 것에 대해서는 부정적인 생각이 있었지만 치유효과에 대한 평가는 엄격하고 냉정하게 중립을 지켜가며 진행하는 것을 확인할 수 있었습니다.

아무튼, 그분의 말씀 한마디에 여러 교수의 비난도 잠잠해지고 필자는 새로운 힘을 얻어서 남은 시간을 더욱 열심히 진행하게 됩니다.

그렇게 우여곡절을 겪으면서 3주간의 시간들이 흘러갔고 임상시험은 무사히 끝을 맺게 됩니다. 이제 남은 것은 국내 최고의 한방대학병원에서 평가를 받는 일입니다.

임상시험의 결과

경희의료원 한방과에서 임상시험을 하던 중에는 웃지 못할 에피소드도 많았습니다.

하루는 60대쯤 되어 보이는 노인을 치유하게 되었는데 그분의 팔은 중풍으로 마비되어서 쭉 펴지지 않고 "ㄴ"자처럼 120도~130도 가량 굽어진 상태로 굳어져 있었습니다.

통증은 크지 않았지만 바라보는 입장에서는 안쓰러워서 배꼽링을 붙이고 30분쯤 지난 후에 팔을 주물러서 막힌 혈을 열고 풀어주었더니 잠시 후 마비로 굳어졌던 팔이 즉석에서 펴집니다.

"어때요. 잘 펴졌지요?"

옆에 있는 인턴에게 확인을 부탁합니다. 그런데 갑자기 얼굴이 굳어지며 "못 봤는데요." 하면서 도리질을 합니다.

옆에서 빤히 보고 있었으면서도 모른다고 하니 이미 치료가 된 팔을 원래의 위치대로 돌려놓을 수도 없고 정말 딱한 노릇입니다.

거기에다 더 기가 막힌 것은 치료를 받은 영감님마저도 "모르겠다."며 멍한 표정을 짓고 있습니다.

평소 같으면 그저 웃어넘길 일이지만, 결과를 확인시키고 인정받아야 하는 시험 중이니 가슴을 치지 않을 수 없습니다.

중풍에 걸린 사람들 모두가 그런 것은 아니지만, 뇌를 다쳐서인지 때로는 자신의 몸 상태를 정확하게 인지하지 못하는 경우가 간혹 있습니다.

그럴 때는 사전에 환자의 상태를 보호자에게 정확하게 인지를 시킨 다음 이전과 이후의 상태를 확인시키는 작업이 필요하지만, 이번 경우는 입원환자라서 보호자도 없고 다른 방법이 없습니다.

이렇게 여러 가지 우여곡절을 겪으면서 임상시험은 끝이 났고 결과에 대해서 평가를 받는 운명의 시간이 다가왔습니다. 사실 주위에서는 "의료계의 시각이 부정적인 상황에서 과연 공정한 평가가 이루어지겠나? 공연히 잘못하면 이미지만 훼손될 텐데……." 하는 염려의 목소리가 있었습니다.

환자들의 치유결과가 좋았고 담당 교수님의 인격에도 신뢰가 가지만 현실적인 한계를 무시할 수는 없는 일이니 역시 큰 것을 기대하기는 어려운 일입니다.

이런저런 염려의 시간이 지나고 드디어 담당교수와 얼굴을 마주하는 시간이 되었습니다. 그러나 그분은 서류만 바라볼 뿐 말이 없습니다.

초조한 마음에 "교수님. 시험결과에 대해서는 어떻게 평가하십니까?" 하고 물었는데도 "음, 그게 그러니까." 하며 머뭇거릴 뿐 대답은 이어지지를 않습니다.

"아무튼, 교수님께서는 배꼽링 효과에 대해서 긍정적으로 보시는 것이지요?"

"음, 그래. 긍정적으로 보지. 그런데 사실 내가 바빠서 더는 시험을 계속하기가 어려워요. 그래서 말인데 기공진료실의 신 교수를 소개해 줄 테니까 그 사람하고 더 진행을 해보는 것이 어떻겠소?"

그래도 예상했던 것보다는 좋은 내용입니다. 그 이상의 표현은 사실상 불가능한 일이라는 판단을 합니다.

임상 결과보다는 많이 아쉬운 일이지만 그래도 현실을 감안할 때 큰 수확을 거둔 셈이어서 확인을 위해 다시 한 번 질문합니다.

"임상시험 결과를 정말 긍정적으로 보시는 겁니까?"

"물론이지요. 확실히 효과가 있다고 생각되니까 내가 신 교수를 소개하는 것이지 그렇지 않다면 그 사람과 더는 진행할 이유가 없는 것 아니겠습니까?"

"그러면 임상시험은 계속해서 진행되는 겁니까?"

"걱정 말아요. 그 사람도 기를 연구하는 사람이니 둘이 잘 맞을 겁니다. 아무튼 난 업무 때문에 도저히 시간을 낼 수가 없으니 어쩌겠소."

아쉬운 일이지만 이만큼의 성과로 만족하며 연구실을 나섭니다.

그 길로 바로 새로운 담당자인 신용철 교수를 찾아가서 앞으로의 일정에 관해 논의를 하였고 필자는 그분과 함께 배꼽링요법에 관한 공동연구에 들어갔습니다.

쉽지 않은 여정입니다. 그렇지만 연구를 진행한지 몇 달 후 그분은 그동안 연구한 결과를 바탕으로 KBS와 SBS 방송 프로그램에 출연해서 배꼽링의 효과에 관해서 증언을 하게 됩니다.

임상시험에 이어서 이루어진 한방대학교 교수와의 공동연구인 만큼 비전도 있었고 앞으로 있을 임상시험에 대한 기대도 높았지만, 그분 역시 현실적인 한계는 어쩔 수 없었는지

"국내에는 분위기가 좋지 않아서 더는 진행이 어려우니 외국에 나가서 활동을 해보는 것이 어떻겠습니까?"는 말로 기운을 빼고 맙니다.

결국, 약속과는 달리 임상시험은 더는 진행되지 않았고 그분의 조언만이 남아서 이후에 필자가 미국으로 가게 되는 동기로 작용하게 됩니다.

임상시험과 검증의 의미

"치료를 받은 환자 중 3분의 1은 효과가 있었고 3분의 1은 고만고만했으며 너머지 3분의 일은 잘 모르겠다고 나타난 것 같습니다."

임상시험을 했던 병원의 교수 한 분이 전화 통화를 해서 방송에 밝힌 임상시험의 내용입니다.

대체요법에 대한 의료인의 차가운 시각에서 바라본 평가가 이 정도이면 아쉽기는 하지만 그래도 공정성을 가진 내용이라는 생각이 듭니다.

임상시험 대상자 중 3분의 1이 효과를 보았고 또 다른 3분의 1에서 고만고만한 반응을 보였다면 그들 역시 어느 정도 효과를 본 것으로 임상 대상자 중 3분의 2가 효과를 보았다는 내용이 됩니다.

그렇지 않다면 그들 또한 '효과가 없는 쪽'으로 붙여 놓았을 것이 분명하기 때문입니다.

방송국 자체에서 프로그램을 통해 실시한 임상시험의 결과를 보아도 그와 같은 사실을 확인할 수 있습니다.

혼자서는 걸음을 걷지 못하던 환자가 4층을 오르내릴 만큼 상태가 좋아진 것을 비롯한 임상시험에 참가했던 중풍환자 세 명 모두에게서 팔과 다리의 마비가 풀리는 것이 방송을 통하여 전국에 알려진 것입니다.

방송 자체의 임상시험은 치료율 100퍼센트입니다.

무엇보다도 병원치료에 한계를 보이던 환자를 대상으로 한 시험이었기에 더욱 큰 의미가 부여되었는데 엄격한 대학병원의 평가에서 이만한 성과를 얻었다면 만족스러운 결과임에 틀림이 없습니다.

그런데도 불구하고 프로그램을 진행하는 방송 진행자는 평가를 낮추며 분위기를 깔아갑니다. 그렇다면 화면에는 왜 중풍환자가 즉석에서 마비된 팔을 올리고 걸음을 걷는 모습을 내 보냈는지 알 수가 없는 일입니다.

방송이 나가고 난 다음 날 방송에서 전화 통화로 발언했던 교수에게서 전화가 걸려왔습니다.

"우리나라에서 최고라고 하는 대학병원의 치료률이 30퍼센트밖에 되지 않는 현실에서 그만한 성과를 거둔 것은 정말 대단한 일입니다."

그는 자신의 의도와는 다르게 보도된 내용에 불만을 표시하면서 필자에게 사실적인 내용을 설명합니다.

나중에 다른 방송국 직원을 통해서 들은 얘기지만 "방송이 나가고 난 다음에 사회에 미칠 파장을 고려해서 적당히 수위를 조절한 것 같다."고 합니다.

사람들에게는 각자의 상황에 따라서 어쩔 수 없는 입장이 있게 마련입니다. 방송이 나가기 전에는 관계자에게서 "방송이 나가고 나면 선생님은 유명 인사가 될 것입니다." 하는 언질을 받기도 했지만, 유명 인사가 되는 것은 젖혀두고 진행자의 말이 신경이 쓰여서 마음이 편치를 않았습니다.

그러던 중에 관계자들의 전화를 받고 나니 답답했던 가슴이 한결 편해지는 것을 느낍니다.

다시 기운을 내서 학회에 출근합니다. 그런데 사무실에 도착하기가 무섭게 전화벨이 울리더니 계속해서 이어지는 문의 전화에 전화통이 불이 나기 시작합니다.

진행자와는 상관없이 TV 화면을 통해서 배꼽링을 붙인 후에 달라지는 환자들의 모습을 지켜본 환자와 가족들이 관심을 두고 문의를 해온 것입니다.

언제나 그렇듯이 진실은 통하기 마련인가 봅니다.

임상시험의 필요성

　현실적인 한계와 아쉬움 속에서 임상시험이 답보 상태에 이르게 되자 이번에는 다음 단계로 서초동에 있는 내과의원을 선택해서 두 번째 임상시험에 들어가게 됩니다.

　서정범 교수가 자신의 친척이 운영하는 병원에서 다시 한 번 임상시험을 할 수 있도록 주선을 했기 때문입니다. 그곳에서는 만성화된 위장병 환자와 간질병 등의 환자들을 대상으로 한 임상시험이 이루어졌는데 "확실히 효과가 있다."는 결과가 나왔습니다.

　그다음에는 다시 제주도에 있는 정형외과에서 임상시험을 하게 되었고 중풍은 물론 허리디스크와 류마티즘 환자의 병세가 확연히 낫는 것이 확인되어 병원장으로부터 인정을 받게 됩니다.

　이후에 또다시 인천에 있는 피부과 의원에서 이루어진 임상시험에서는 병원장이 직접 아토피성 피부염 등 여러 가지 피부질환을 앓고 있는 환자들을 치료하고 나서 효과를 확인한 다음 '확실한 효과'를 확인하는 평가서를 제출해오기도 하였습니다.

　필자가 이렇게 여러 병원을 찾아다니며 임상시험에 몰두했던 이유는 배꼽링요법의 다양한 효능과 효과를 객관적으로 검증받기 위해서입니다.

한방침구학의 역사는 2,000년을 헤아리지만 1998년 경희의료원에서 임상시험을 할 당시는 배꼽링요법이 탄생한 지 겨우 1주년을 맞았을 뿐입니다.

그런 이유 때문에 효과를 인정받기 위해서는 의료기관에서의 다양한 임상시험과 검증작업이 절실하게 요구되었고 그 첫 번째 작업으로 경희의료원 한방과에서 임상시험을 하게 되었던 것입니다.

이와 같은 검증작업은 치유법을 개발해서 전파하는 사람은 물론 환자와 가족들을 위해서도 중요한 일인데 세상의 모든 이치가 그렇듯이 자신의 주장만으로는 진실을 전하기 어렵기 때문입니다.

환자들도 대체의학을 선택할 때에는 막연히 이곳저곳을 찾아서 무작정 헤맬 것이 아니라 의료기관에서 검증을 받은 기록을 살피고 따져보는 것이 중요한데 그 길만이 시간과 비용을 줄이고 원하는 결과를 얻을 수 있는 유일한 방법입니다.

그동안 끊임없이 연구를 진행해온 결과 배꼽링요법이 완성되고 인정을 받게 되었지만, 그와 같은 노력이 뒷받침되지 않았다면 불가능했을 것이란 생각이 듭니다.

배꼽링과 새로운 방식의 치유법은 모두 배꼽의 역할과 기능에 바탕을 둔 치유법으로 두 요법은 모태 안의 아기처럼 하나의 유기체로 이어져 있으므로 이 둘을 따로 떼어서 설명하는 것은 매우 어려운 일입니다.

따라서 배꼽링요법의 임상시험을 관심 있게 살펴보고 그 과정과 결

과를 통해서 새로운 치유법의 효과를 가늠해 보는 작업은 매우 중요
한 일이라고 생각됩니다.

새로운 방식의 치유법은 배꼽링요법의 장점만을 살려서 개발한 것
이기 때문에 임상시험 결과는 곧 새로운 치유법의 효과를 입증하는
자료가 되기 때문입니다.

3장

배꼽의 생명력

"허, 이거 의사면허 반납 해야겠네"

십 년 묵은 체증

정신분석학의 시조라고 불리는 프로이트는 어렸을 때 반항의 표현으로 아버지 방에 들어가서 오줌을 누었다고 합니다.

일반적으로 아버지들은 딸에 비하여 아들과의 사이가 소원한 경우를 자주 볼 수 있는데 그의 이론에 의하면 아들과 아버지가 어머니를 사이에 두고 연적관계를 형성하기 때문이라고 합니다.

시어머니가 며느리를 질투해서 미워하는 감정을 갖게 되는 것도 같은 이치에서 해석할 수 있지만 문제는 그와 같은 상황이 악화하였을 때 심각한 부작용으로 이어질 수도 있다는 겁니다.

실제로 시어머니와의 불화 때문에 위장병을 앓거나 원인 모를 질환에 시달리며 고통을 받는 환자들을 볼 수 있었습니다.

서초동에 있는 한 의원에서 임상시험을 하고 있었을 때의 일입니다.

60이 넘은 할머니 한 분이 치료를 받고 있었는데 병명을 물으니 체증이라고 합니다.

"어린 나이에 시집을 가서 시댁을 들어갔는데 시어머니가 어찌나 못살게 굴던지 그때에 걸린 위장병 때문에 늘 가슴이 답답하고 속이 뭉쳐서 약이 없으면 한시도 살 수가 없어."

'10년 묵은 체증'이라는 말을 들어 본 적은 있지만 수십 년을 묵은 체증이 있다는 말은 처음 들어 봅니다.

따라서 경험도 처음일 수밖에 없고 조심스럽게 할머니의 상태를 살핀 다음 치유를 합니다. 그런데 30여 분이 지나자 어린아이 주먹만큼 하던 뱃속의 덩어리가 스르르 풀어집니다.

"허, 이거 의사면허 반납해야겠네."

옆에서 지켜보던 원장님의 말씀입니다. 그렇게 여러 가지 방법을 써서 치료해도 꼼짝을 않던 덩어리가 순식간에 사라지자 탄성이 나온 것입니다.

흥미로운 것은 위장병의 일종이라고 여겨졌던 체증이 위장이 아닌 폐의 조절로 효과를 보였다는 사실입니다

일반적으로 위장장애 탓인 질병들은 위장의 반응으로 나타나는 경우가 많습니다. 그렇지만 위의 사례는 '스트레스 때문에 발생한 특별한 케이스이기 때문에 폐의 반응으로 나타난 것은 아닐까?' 하는 생각을 해 봅니다.

경희의료원에 이어서 두 번째 임상시험이 실시되었던 그곳은 서정범 교수의 친척이 운영하는 병원으로 2개월에 걸쳐서 체중 환자를 비롯하여 간질병과 골다공증 환자를 대상으로 한 실험이 이루어졌으며 "확실한 효과가 있다."는 것이 여러 사람에 의해 증명되었습니다. 이

와 같은 내용은 서정범 교수가 직접 병원을 오가며 환자와 의사를 만나서 확인한 것으로 자세한 내용은 그분의 증언을 통하여 테이프에 녹화되어 있습니다.

배꼽링의 구조와 원리

　최근에 사용되고 있는 배꼽링의 모양입니다. 아래의 그림을 보면 배꼽링의 아래쪽이 열려 있는 것을 알 수 있는데 열린 부분을 개구부라고 합니다.

　개구부는 대문처럼 기운이 모여서 출입하는 곳으로 배꼽링에서 발생한 전류와 기 에너지가 드나드는 입구와 출구라고 할 수 있습니다.

이와 같은 구조는 배꼽에 링을 붙였을 때 발생한 전기에너지를 한 쪽으로 모아서 기운이 부족한 쪽으로 집중시키는 역할을 하게 합니다.

구체적으로 설명하면 배꼽에 링이 닿는 부분에서는 인체의 전기와 금속이 반응하면서 전기와 함께 저항이 커지는 현상이 발생하게 되지만 금속이 닿지 않는 개구부 부분에는 상대적으로 저항이 약해져서 편차가 생기게 됩니다.

이와 같은 원리로 때문에 배꼽링에서 발생한 전류는 링을 따라서 흐르다가 개구부 방향으로 집중되게 되는데 전기는 저항이 약해진 곳으로 흐르는 성질이 있기 때문입니다.

또한, 개구부 쪽에 집중된 전기는 재료에서 발생한 파동과 함께 아래의 그림처럼 구성된 면 반창고를 따라 다시 기맥으로 이동해서 흐르게 되는데 이 과정에서 전기에너지가 활발하게 움직이면서 기맥과 경락에 영향을 미쳐서 치유가 이루어지게 됩니다.

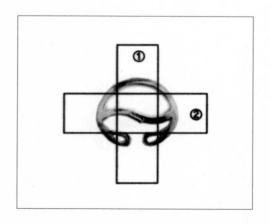

따라서 질병의 증상이 있을 때에는 기운이 부족한 쪽으로 배꼽링의 개구부를 맞춘 다음 면 반창고로 붙여두기만 하면 됩니다.

링의 개구부를 병증이 나타나는 쪽으로 붙여두는 이유는 금속의 링이 닿는 부위와 닿지 않는 개구부 쪽의 전위차를 이용해서 기맥을 따라 흐르고 있는 전류의 양과 세기를 조절하기 위함입니다.

링에서 발생한 전류의 유입으로 기맥의 흐름이 강해지게 되면 막혀 있던 혈이 열리면서 기운이 보충되고 면역력이 높아지는 결과로 이어져서 스스로 질병을 물리치는 힘을 갖게 됩니다.

은으로 만들어진 링을 배꼽에 붙이게 되면 인체와 반응하여 전류가 발생하게 되는데 대략 130밀리 볼트 정도의 전기가 만들어지게 됩니다.

평소에 피부에서 감지되고 있는 전압이 30mV 내외인 점을 감안하면 결코 무시할 수 없는 양입니다. 그렇지만 평소에 반지나 시계와 같은 금속 등에서 발생하는 전기와 비교하면 상대적으로 작은 양에 속하기 때문에 인체에 부담을 주지는 않습니다.

금속은 보통 때에는 전자의 흐름이 멈추어져 있는 상태이기 때문에 전기가 흐르지 않지만, 분자구조가 서로 다른 금속이 접지상태에 놓이게 되면 전자의 움직임이 활발해지면서 전기가 발생하게 됩니다.

배꼽링의 치유작용이 전류의 발생과 깊은 관계가 있다는 것은 이미 특허를 통해서 과학적으로도 증명된 상태인데 배꼽링요법은 그동안 이와 같은 과학적 원리를 이용해서 질병을 치유하고 기적 같은 사례들을 만들어냈습니다.

간단하고 편리한 기 치료

예전에는 이와 같은 원리를 알지 못하여 단순한 '기의 반응' 쯤으로 여겨져 왔지만 이와 같은 과학의 이치가 밝혀지면서 중풍환자가 마비된 팔을 들어 올리거나 걸음을 걷게 되는 작용들이 모두 링에서 발생한 전류 때문이라는 것을 알게 되었으며 또한 한 걸음 더 나아가서 "기 에너지가 배꼽링의 전류에 의해서 유도된다."는 사실을 확인하게 됩니다.

그동안 많은 기공사가 기를 모으는 기구라며 배꼽링의 에너지 증폭현상에 대하여 놀라움을 감추지 못했는데 이와 같은 일들이 가능했던 것은 인체의 기맥이나 경락이 전기적 성질을 띠고 있기 때문입니다.

무엇보다 중요한 것은 간편함과 안전성으로 배꼽링은 위의 그림처럼 면 반창고를 배꼽링 위에 열 십자 형태로 만들어서 배꼽에 붙이기만 하면 되기 때문에 사용이 간편하고 안전하다는 장점을 갖고 있습니다.

뛰어난 효과에 비하면 믿을 수 없을 만큼 간단한 방법입니다.

배꼽링의 구조는 우연히 발견된 것이 아닙니다. 수없이 많은 연구와 시행착오를 거쳐서 현재에 이른 것으로 필자 자신의 몸이 실험대상으로 쓰인 탓에 여러 번 위험한 일을 겪기도 했었는데 간장의 수치가 너무 올라가서 당황한 때도 있었고 신장과 췌장이 문제를 일으켜서 긴장한 적도 있습니다.

무리한 실험 때문에 빚어진 일이기는 하지만 이와 같은 적극적인

노력이 없었다면 치유법을 완성하기 어려웠을 것이라는 생각을 하면
서 위안을 하게 됩니다.

"그런데 왜 배꼽이어야만 할까?"

"배꼽은 침을 놓으면 죽는 자리이다. 그런데 배꼽이 어떻게 치료에 중심이 되느냐?"는 한방대학교 교수님의 말씀에서도 알 수 있듯이 그동안 배꼽이 의료인들의 관심에서 얼마나 소외됐는가를 엿볼 수 있습니다.

당시는 예상치 못한 질문에 당황해서 얼른 답을 할 수가 없었지만 십 년이 넘은 이 시점에서는 그와 같은 물음에 확실한 답변을 할 수가 있게 되었습니다.

"배꼽에 침을 놓으면 죽지만 배꼽링을 붙이면 사람이 산다."고 말입니다.

그동안 배꼽링을 통해서 많은 사람이 치유되고 건강을 찾는 모습을 지켜봐 왔기 때문입니다.

여인이 아기를 잉태하였을 때 태아는 탯줄이라는 생명선으로 모체와 이어져서 영양을 공급받게 됩니다.

십여 개월 동안 이어지는 인체의 생성과정에서 태아는 탯줄 안에 있는 동맥을 통해 영양분을 공급받아 뼈와 살이 형성되고 신체를 구

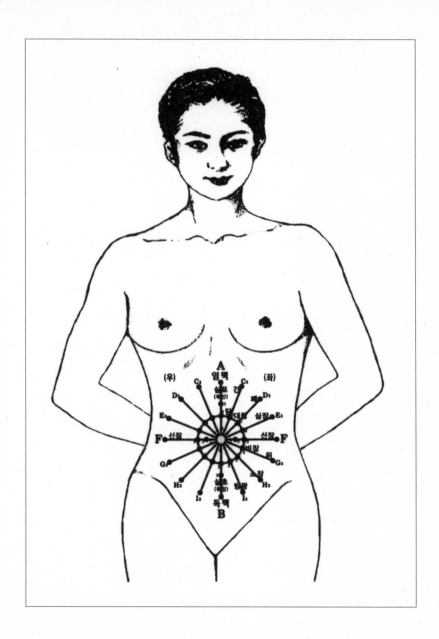

성하고 있는 장기와 기관들이 만들어지게 됩니다.

이 과정에서 태아의 배꼽에 연결된 탯줄에는 동맥과 정맥 이외에도 탯줄과 연결된 기맥들을 통하여 모든 장기에 전기적인 흐름이 함께 이어졌을 것입니다.

배꼽이 치유에 중심이 되는 이유도 이와 같은 과학적 논리에서 비롯된 것인데 "배꼽이 가진 기능을 복원하면 인간에게 주어진 모든 질병을 치유할 수 있다."는 주장도 그런 점에서 설득력이 있다할 수 있습니다.

이처럼 배꼽이라는 길을 통하여 뼈와 살과 오장육부가 만들어졌으니 배꼽에서 시작된 길은 오장육부는 물론이고 뼛속 깊숙이까지 연결되어 있을 것이 틀림없습니다.

따라서 질병을 치료할 때 이들 기맥을 통로로 이용하면 배꼽이 가진 본래의 기능을 복원할 수 있을 뿐만 아니라 암이나 난치병 같은 고질병을 치유하는 길이 열리게 됩니다.

배꼽 주변의 기맥들은 모든 전기회로의 출발점이자 중심점이기 때문인데 요양병원에서의 임상시험 결과가 그와 같은 생각에 믿음을 갖게 합니다.

본래 태아가 모체 안에 있을 때에는 특별한 경우를 제외하고는 질병에 걸리지 않는다고 합니다. 모태로부터 연결된 탯줄의 흐름이 안정적이고 기맥들이 균형이 잡힌 상태이기 때문인데 아기가 세상에 나오는 순간 탯줄이 끊기면서 균형은 깨어지게 되고 질병으로부터의 위협이 시작되게 됩니다.

출산은 모태로부터 태아를 분리하는 작업입니다. 출산하면서 탯줄은 끊어지게 되고 태아에게 주어졌던 특혜가 사라지면서 화려했던 배꼽의 기능도 끝이 나게 됩니다.

'그렇지만 만약 태아의 상태처럼 배꼽의 기능을 다시 복원할 수 있다면 인간은 태아기의 모습처럼 강한 생명력을 지니며 질병과 싸워 이길 수 있지 않을까?'

배꼽링과 새로운 치유법의 개발은 이와 같은 생각에서 시작되었는데 모태의 역할을 하는 배꼽링의 에너지를 이용해서 배꼽 주위의 있는 기맥으로 기를 보내어주면 막혔던 혈이 뚫리고 균형이 잡히면서 병이 나을 것으로 판단한 것입니다.

인간의 수명은 80세 전후로 알려졌지만 본래 인간의 최대 수명은 120세 정도라고 합니다.

대부분의 사람이 자신의 수명을 채우지 못하고 질병에 걸려서 사망하게 된다는 뜻으로 인간으로 태어난 이상 질병으로부터 자유로운 사람은 없습니다.

지금까지 밝혀진 질병의 종류는 수천 가지가 넘는다고 하는데 의료계의 자체평가로 나타난 결과를 살펴보면 인간이 정복한 질병은 고작 20% 정도에 불과하며 많아 봐야 30%를 넘지 않는다고 합니다.

과학의 발전을 등에 업고 발전에 발전을 거듭한 현대의학이 질병과의 싸움에서 이렇게 고전하고 있는 이유는 잘 낫지 않는 고질병들 대부분이 화학적 생리보다는 전기적 생리에 의한 질병이기 때문입니다.

이와 같은 원리는 임상시험의 결과를 통해서도 짐작할 수 있는데 "세상에 존재하는 모든 물질은 원자와 이온으로 되어 있다."는 이론에서도 알 수 있듯이 전류는 인체를 구성하고 있는 가장 기본적인 요소이기 때문입니다.

　따라서 약으로 한계를 보이는 고질병들은 인체를 따라서 흐르고 있는 전류의 흐름을 조절해 주어야 합니다.

자연치유력의 본질을 찾아서

머나 먼 여정

강의실에서 한참 회원들과 함께 이야기를 나누고 있는데 오늘 새로
방문한 옆자리의 남성이 뜬금없는 말을 합니다.

"선생님은 저와 함께 중국엘 가야 합니다."

영문을 알 수 없는 말에 다들 하던 말을 멈추고 의아한 표정으로
바라보지만 다른 사람들의 시선은 아랑곳없이 다음 말이 이어집니다.

"선생님께 필요한 광석들이 중국에 있기 때문입니다."

강남의 작은 교회에서 목회활동을 하고 있다며 자신을 엄 선생이라
고 밝힌 그는 어릴 때 앓은 병 때문에 대체의학에 관심을 두고 공부를
하던 중에 필자를 찾아왔다고 합니다.

"한때 중국에서 선교활동을 한 적이 있는데 그곳에서 보았던 광물
들의 기운과 배꼽링의 특성이 묘한 조화를 이루는 것 같습니다."

학회를 찾아온 손님이지만 처음 보는 사람이 다짜고짜로 중국을 가
자고 하니 황당한 일이 아닐 수 없습니다.

더군다나 목사님이 찾아와서 이런 말을 하니 그냥 흘려버릴 수만도 없는 일이어서 필자 나름대로 중국 쪽의 기운을 살펴보기로 합니다. 그런데 놀랍게도 온몸을 감싸는 열기와 함께 강렬한 에너지가 감지됩니다.

무엇인가 신비로운 것이 있다고 판단한 필자는 곧바로 중국행을 결심하고 엄 선생에게 전화를 겁니다.

"언제쯤 떠날 수 있겠습니까?"

전화가 올 줄 예상하고 있었다는 듯 그분은 자연스럽게 일정을 잡고 여행준비에 들어갔는데 생애 최초의 중국여행은 그렇게 시작이 되었습니다.

며칠 후 엄 선생과 함께 김포공항에서 속초로 가는 비행기를 탄 우리는 속초에서 다시 연변 근처로 가는 여객선으로 갈아탔습니다.

배 안은 한국에서 볼일을 마치고 중국으로 돌아가는 교포들로 가득했는데 밤새 항해를 한끝에 우리가 탄 배는 다음 날 아침 소련 영역에 있는 작은 항구에 도착하게 됩니다.

중국을 가면서 배를 타고 가는 것도 낯선 경험이지만 버스를 타고 소련 땅을 거쳐서 중국으로 들어간다니 더욱 재밌고 흥미로운 여행입니다.

버스에 오른 일행들은 소련의 농촌 들녘을 가로지르며 연변으로 향했고 한참을 달린 끝에 중국 땅에 도착해서 비자 신청을 하고 입국수속을 밟았습니다.

외국 여행을 많이 해 봤지만, 중국에서의 입국 절차는 비자 신청에서 입국수속 까지 모두가 낯선 경험입니다.

아무튼, 수속을 마치고 건물 밖으로 나오니 말로만 듣던 연변이 저 멀리 보입니다. 다시 버스는 목적지를 향해 달려가는데 차창 사이로 어렸을 적에 보았던 것과 같은 작은 초가집들이 정겹게 다가옵니다.

오래전에 잊혔던 기억들이 꿈결처럼 되살아나고 흔들리는 버스에 맞추어 춤을 춥니다.

모든 것을 내려놓고 창밖에 펼쳐진 풍경을 바라보며 옛 추억을 떠올립니다. 어린 시절로 돌아간 느낌입니다.

2001년 11월의 어느 날이었습니다.

어느 중국 노인의 충고

"당신은 머지않아 죽게 될 겁니다. 알고 있습니까?"

중병에 걸린 것도 아닌데 처음 만난 중국 노인이 망설임도 없이 폭탄 같은 선고를 내립니다.

엄 선생의 통역이라 민망스러움이 더하고 당혹감을 감출 수가 없습니다. 그러나 예상하지 못했던 내용은 아니었기 때문에 잠시 머뭇거리다 대답을 합니다.

"알고 있습니다."

불치병을 앓고 있는 환자들을 많이 치유해서인지 언제부터인가 눈을 감으면 붉은 기운이 온몸을 감싸면서 가슴이 답답해지고 숨쉬기가 힘이 드는 현상을 느껴 왔습니다.

기력이 고갈되면서 나쁜 기운들이 모여든 때문이라고 판단했지만 달리 해결할 방도가 없어서 '이 상태가 계속되면 내가 죽을 수도 있겠구나!' 하는 생각을 하게 되었던 것인데 중국에서 기 치료사에게 그런 말을 들었으니 딱히 놀랄 일도 아니었던 겁니다.

"치료는 가능한가요?" 하고 물으니 "보름간 머물면서 기 치료를 받으면 원래의 건강한 상태로 돌아올 수 있다"고 합니다. 치료할 수 있다는 것은 반가운 일이지만 공연히 짜증이 나고 심기가 불편해서 "독이 든 음식을 먹어서 독이 빠질 때까지 기다려야 하는 것도 아닌데 보름씩 걸릴 이유가 뭐 있겠습니까?" 하고 퉁명스럽게 말했더니 자신의 능력으로는 보름 이상을 치료하지 않으면 병을 치료할 수 없다고 합니다.

화를 낼 일은 아니었지만 "다음에 다시 오겠다."며 치료를 거부하고 머물고 있던 숙소로 돌아옵니다.

11월 초 한국에서 떠날 때는 은행나무의 잎사귀들이 많이 남아 있었고 날씨도 춥지 않았습니다. 그런데 연변 기온은 영하 15도쯤 되어 보였고 준비해간 외투도 소용이 없을 만큼 혹한의 날씨를 보였습니다.

평소에 추위를 많이 탔던 것도 아닌데 중국에 도착하고 나서는 웬일인지 추워서 도통 기운을 쓰기가 어렵습니다.

'몸에 남은 붉은 기운 때문에 그런 것일까?'

혼자만의 느낌인 줄만 알았는데 지역에서 유명세를 타고 있는 기공사에게 그런 말을 들으니 가라앉아 있던 불안감이 꿈틀거리고 마음이 편치를 않습니다.

"저녁이나 먹으러 갑시다."

쓸데없는 생각이라며 엄 선생이 채근을 합니다. 그를 따라 식당에 도착하니 현지에서 교편을 잡고 있는 이 선생 부부가 함께 모습을 보입니다.

"안녕들 하십니까? 그런데 선생님들 이런 것 본 일이 있습네까?"

그가 내미는 손에는 검은색을 띤 작은 광석이 하나 들려 있습니다.

"이것이 자철광이라는 건데 선생이 말하는 것을 구할 수가 없어서 오늘은 내가 학교에 교육용으로 보관하고 있던 것을 몰래 갖고 왔습네다."

중국에 와서 엄 선생이 제일 먼저 추천한 것이 차철광이라고 불리는 천연자석입니다. 그렇지만 구하기가 쉽지 않아서 애를 먹고 있었는데 오늘 이렇게 이 선생이 갖고 온 것입니다.

그의 정성에 감동하면서 자철광을 받아 손바닥에 올려놓은 뒤 눈을 감고 기운을 느껴봅니다. 손을 타고 부드러운 열기와 함께 강렬한 에너지가 온몸을 휘감고 돌아갑니다.

한국에서 명상을 통해 느꼈던 바로 그 기운입니다. 갑자기 앞이 환하게 밝아지더니 에너지가 꿈틀거리며 용솟음쳤고 그 서슬에 애를 써도 꼼짝 않던 붉은 기운들이 몸서리를 치면서 흩어집니다. 자신도 모르게 "어휴! 이제야 살 것 같다."는 말이 터져 나옵니다. 그동안 알 수 없는 괴로움 때문에 고통스러웠는데 이제 정말 살 것 같은 기분입니다.

지켜보고 있던 엄 선생과 이 선생도 믿어지지 않는다는 듯 놀라운 표정으로 필자를 쳐다봅니다.

"정말 얼굴이 환하게 밝아지셨어요."

이 선생 부인의 말입니다.

모두 좋아졌다며 이구동성으로 한 마디씩 말을 건네는데 더욱 놀라운 것은 이후 연변에서는 더는 추위를 타지 않게 되었다는 사실입니다.

그렇지만 무엇보다 중요한 것은 자철광의 도움으로 알 수 없는 존재에 의한 공포에서 벗어나게 된 일입니다.

자철광을 찾아 다시 단둥으로

이렇게 자철광의 효능을 확인한 필자는 다시 엄 선생과 함께 기차를 타고 단둥으로 향하게 됩니다. 연변에서는 더는 자철광을 구할 수 없었기 때문입니다.

다 포기하고 그냥 한국으로 돌아갈 생각도 했었지만 "아마 단둥에 가면 자철광을 구할 수 있을 겁니다."라는 이 선생의 말에 어려운 결심을 하게 된 것입니다.

연변에서 단둥까지는 중국 땅을 종단해야 하는 먼 거리이고 때는 추운 겨울이라 엄두가 나지를 않지만 기대 속에서 필자를 기다리는 회원들을 생각하며 용기를 냅니다.

하기야 미국 땅에서도 혼자서 차를 몰고 대륙을 종횡무진 했는데 이 정도 일쯤이야 아무것도 아닙니다.

단둥으로 가는 기차는 저녁에 있었습니다. 먼저 기차표를 예매해 둔 다음 두만강을 찾아서 노래 가사에 나오는 '두만강의 푸른 강물을' 바라보며 동족의 아픔을 느껴봅니다.

말 못할 사연을 담고 소리 없이 흐르는 강물은 TV에서 보던 풍경 그대로인데 꽃제비라고 부르는 어린아이들의 모습만이 애처롭게 다가옵니다.

같은 민족의 서글픈 현실이지만 마음과는 달리 어찌할 도리가 없어서 그들을 뒤로하고 단둥으로 향하는 기차에 올라 차 창가에 몸을 기대고 앉았습니다.

열차가 굉음을 내며 가쁜 숨소리와 함께 육중한 체구를 이끌고 움직이기 시작합니다.

"빠앙—"

기적 소리와 함께 연변이 멀어져 갑니다. 추위 때문에 힘들었지만 좋은 사람들도 만났고 봄이 되면 다시 한번 와보고 싶은 곳입니다.

우리가 탄 열차의 객실은 침대칸입니다. 밤새도록 달려가야 하는 긴 시간의 여행이니만큼 잠을 잘 수 있는 공간이 마련되어 있는 것인데 문제는 난방이 전혀 되지를 않아서 추위를 견디기가 쉽지 않다는 것입니다.

이불을 머리끝까지 올려서 덮어보지만, 어찌나 추운지 떨리는 턱만 마주칠 뿐 아무런 소용이 없고 추위는 가시지를 않습니다. 영하 30도는 되는 것 같습니다.

잠을 자면 추위가 잊힐까 하고 억지로 눈을 감아보지만, 이불 속까지 파고드는 한기 때문에 잠은 오지를 않고 몸이 떨려서 아무런 생각도 나지를 않습니다.

남의 나라에 와서 불평할 수도 없고 정말 큰일 났습니다.

태어나서 이렇게 난감해 보긴 처음입니다.

'참 대단한 사람들이구나' 하는 생각을 하면서 한참을 오돌오돌 떨고 있는데 한쪽에서 웅성거리는 소리가 나더니 여기저기서 알아들을 수 없는 말로 불평들을 하기 시작합니다.

"무슨 말을 하는 겁니까?"

답답한 마음에 옆에서 함께 떨고 있는 엄 선생에게 내용을 물어봅니다.

"지들도 추워서 죽는다고 난리 아닙니까." 하면서 볼멘소리를 합니다. 그리고 보니 나 혼자만 추웠던 것이 아니었습니다.

잠시 후 불평 끝에 몇 사람이 나서서 돈을 거두기 시작합니다.

"왜 돈을 걷는 것일까요?"

나지막한 소리로 엄 선생에게 까닭을 묻습니다.

"아마 돈을 걷어서 직원에게 갖다 줄 모양인데, 글쎄 이 죽일 놈들이 돈을 바라고 석탄을 안 때는 것 같다는 거요."

"네? 푸후흡-"

그 와중에서도 웃음이 나오고 그것을 감추느라 애를 씁니다.

한국의 60년대에서나 있었을 법한 일이 2,000년대에 일어나고 있으니 한심한 일이기는 하지만 왠지 코미디 같다는 생각이 들어서입니다.

더욱 흥미로운 것은 20량이나 되는 객차를 끌고 가는 기관차가 박물관에서나 볼 수 있는 증기 기관차이며 객실마다 딸려 있는 한쪽의 작은 공간에서 석탄을 때서 난방한다는 사실입니다.

물론 10여 년 전의 일이고 지금은 최신형 고속열차로 교체되었다고 들었지만 언제 생각해도 웃음이 나는 일입니다. 추워서 괴롭기는 했어도 친근감이 들고 과거 여행을 하는 것 같아서 재미있게 느껴지는 기억입니다.

  아무튼, 얼마간의 시간이 흐르고 나자 객실 안에는 훈훈한 기운이 감돌기 시작했고 점차 따뜻해져서 견딜만할 정도가 되었는데 자리에 누운 우리는 아침까지 단잠을 잘 수가 있었습니다.

  어디를 가나 돈의 위력은 대단한 것 같습니다.

  다음 날 아침 심양에 도착해서 밥을 먹고 다시 기차를 갈아탄 우리 는 오후 네 시가 되어서야 단둥에 도착할 수 있었는데 엄 목사와 필자 는 그곳에서 일주일을 머물며 수소문을 한 끝에 자석을 구해서 무사 히 고국으로 돌아오게 됩니다.

자연의 생명력

돌과 보석에서 찾은 빛

필자가 자석이나 옥, 자수정 같은 광물의 에너지에 관심을 끌게 된 이유는 부작용을 막기 위해서였습니다.

배꼽링만을 썼을 때에는 부작용이 따라왔지만, 이들 재료를 함께 사용하면서부터 부작용은 사라지고 질병이 치유되는 결과가 나타났기 때문입니다.

어떤 재료를 선택해서 사용하느냐에 따라서 질병을 치유하는 효과에 차이가 나타났고 새로운 재료를 찾아낼 때마다 효과가 높아지는 결과를 확인할 수 있었습니다.

필자가 온갖 험난한 과정을 거치며 자철광과 같은 재료들을 찾아다닌 이유도 그 때문인데 그동안 미국과 중국은 물론 전국 방방곡곡 안 가본 곳이 없을 정도로 재료를 찾아서 산과 들을 헤매고 다녔습니다.

배꼽링을 사용할 때 자석이나 진주와 같은 재료들이 필요한 이유는 인체를 구성하고 있는 장기의 다양성을 충족시키기 위해서입니다.

인체의 근육 표면에는 직류의 성질을 띤 전기가 흐르지만, 내부의 장기들은 교류의 성질을 띤 파동에너지가 방출되고 있습니다.

따라서 올바른 치료를 하려면 먼저 배꼽링으로 직류의 흐름을 도와서 에너지의 전달이 잘 이루어질 수 있도록 해야 합니다. 직류의 역할은 정보의 전달과 에너지의 이동을 전달하는 수단이기 때문입니다.

그런 다음에는 진주와 광석과 같은 재료를 써서 각 장기에 맞는 주파수를 맞추어 주어야 하는데 장기의 활동은 교류의 파동이 필요하기 때문입니다.

세상의 모든 물질에는 고유파동이 발생하고 있으며 자석이나 자수정, 진주 등에서는 인체의 장기에 적당한 파동이 발생하는 것으로 판단됩니다.

한 예로 배꼽링과 함께 진주를 쓰게 되면 지방간의 증상이 현저하게 개선되는 결과가 나타나는 것을 확인할 수 있습니다.

다른 재료를 썼을 때는 기대할 수 없는 반응으로 진주와 간장의 관계를 짐작할 수 있는 사례입니다.

오래전 커피 열매를 배꼽에 넣고 실험을 하였더니 옆에서 지켜보고 있던 안사람이 신경이 날카로워져서 힘들어 하는 것을 본 일이 있습니다.

커피 열매를 떼어냈더니 금방 짜증이 가라앉으며 안정을 되찾는 것을 볼 수 있었는데 커피 속에 함유된 카페인 성분의 에너지가 배꼽링에 의해 증폭되면서 옆 사람에게 영향을 미친 결과입니다.

이와 같은 임상결과에 따라서 현재는 배꼽 안에 진주를 넣고 작은 반창고로 붙여 둔 다음 그 위에 진주와 함께 최근에 찾아낸 광석을 배꼽링과 함께 붙여서 사용하고 있습니다.

배꼽링요법은 전기적 작용과 자연에 존재하는 재료들의 성질을 이용해서 우리 몸의 면역 시스템 스스로 질병을 치유하도록 도와주는 원리입니다.

배꼽에 주어진 생명활동과 원초적 기능들을 최대한 활용해서 면역 시스템에 기운을 실어주고 자연적인 치유가 이루어지도록 유도하는 것입니다.

4장

새로운 방식의 치료

"그럼, 암이란 말입니까?"

검사를 마친 의사 선생님이 굳은 표정으로 촬영된 사진을 바라보며 말합니다.

"조직검사 결과를 봐야 하겠지만 상태가 매우 심각합니다."

손으로 가리키는 부분을 살펴보니 위벽이 빨간색으로 적당히 부풀어 오른 게 영락없는 암의 형상입니다.

얼마 전부터 속이 쓰리고 거북해서 도대체 무엇이 이렇게 사람을 괴롭게 하는지 시원하게 원인이라도 알아볼 요량으로 병원에 가서 내시경 검사를 받았는데 뜻밖에도 청천벽력과 같은 말을 듣게 되었습니다.

"그럼 암이란 말입니까?"

속 좀 편해 보자고 검사를 받았다가 졸지에 엉망이 되어버린 마음을 추스르고 애써 태연한 표정을 지으며 묻습니다. 그런데 대답은 없고 대신에 의사의 긴 한숨만이 이어집니다. 잠깐의 침묵이 흐르고 난 뒤 결심이라도 한 듯이 의사가 말했습니다.

"일주일 후에 다시 봅시다."

일주일 후에 나오는 검사결과를 보자는 것입니다.

"하아—"

병원을 나서며 길을 걷는데 하도 기가 막혀서 나도 모르게 나온 소리입니다.

드라마를 보면 의사를 잡고 화도 내고 통사정을 하며 난리를 치는 것이 일반적이지만 슬프고 격한 느낌보다는 아내와 가족들이 받을 충격 때문에 마음이 괴롭습니다.

'얘기를 하기는 해야 할 텐데…….'

아내의 얼굴이 떠올랐지만 놀라서 자지러지는 모습을 생각하니 엄두가 나지를 않아 이내 고개를 저으며 얼른 지워버립니다.

그동안 잘해준 것도 없는데 못할 짓을 저지른 것처럼 미안한 마음에 억장이 무너집니다.

다음은 누이들 차례, 깊은 슬픔에 빠져 창백해지는 그들의 모습에 또다시 악몽에서 벗어나듯 고개를 저으며 애를 씁니다.

'제발 꿈이었으면…….'

그런데 자꾸 병원에서 본 사진이 선명한 모습으로 눈앞에 다가옵니다. 부정할 수 없는 확실한 증거, 결코 꿈이 아닌 비정한 나의 현실입니다.

'위암은 고통이 무척 심하다고 하던데 하필. 아니, 수술을 받으면 나을 수 있겠지? 초기여야 할 텐데.'

확실한 진단도 없이 결과만을 기다리고 있으려니 마음이 급하고 초조해집니다.

며칠을 혼자서 냉가슴을 앓다가 의사를 찾아가서 암의 진행 상태를 물어보지만 확실한 것은 며칠 뒤에 조직검사가 나와야지만 알 수가 있답니다.

남들에게는 말도 못하고 끙끙 앓으면서 온갖 잡념에 잠을 설치고 다음 날에는 늦게 일어나서 아침 겸 점심으로 한 끼를 때웁니다.

TV를 켜 보지만 눈에 들어오지도 않고 집을 나와서 터덜터덜 힘없이 목적 없는 길을 나섭니다.

딱히 갈 곳도 없지만 그렇다고 일이 손에 잡히는 것도 아니어서 무작정 길을 걷는데 의욕이 없어 그런지 기력이 달리고 다리에 힘이 빠집니다.

잠시 버스정류장 옆 벤치에 앉아서 바삐 오가는 사람들을 바라봅니다. 다른 나라에서 온 것처럼 모두가 낯선 모습입니다.

남들에게는 아무 일도 일어나지 않았는데 홀로 세상에서 격리된 것 같아 왠지 모를 두려움이 안개처럼 밀려옵니다.

'도대체 지금 나에게 무슨 일이 일어나고 있는 것일까?'

드라마를 보는 것처럼 남을 일 같고 도통 믿어지지가 않아서 받아들이기가 쉽지 않습니다.

아무도 쳐다보지 않지만, 공연히 눈치가 보여서 자리를 털고 일어나 다시 걷습니다.

"청평에나 가 볼까?"

그러나 그냥 생각일 뿐 정신이 없어서 뭘 해야 할지 딱히 판단이 서지를 않습니다.

지독한 따돌림을 당한 느낌입니다.

네 명 중에 한 명은

위의 이야기는 필자의 지인이 병원에서 암 진단을 받고 난 후에 겪었던 느낌과 감정을 옮겨 적은 것으로 그 내용이 부산의 요양병원에서 임상시험을 하던 중에 들었던 환자들의 경험담과 다르지 않았습니다. 따라서

'암 진단을 받았을 때는 모두가 비슷한 심정이구나!'

하는 것을 알게 되었고 그분들이 겪어야 했을 여러 가지 복잡하고 미묘한 감정들을 헤아릴 수 있었습니다.

그런 이야기를 듣고 난 지 몇 년 뒤에는 여동생의 남편이 전립선암이라는 진단을 받아서 수술을 받게 되었고 또 얼마 뒤에는 다시 서정범 교수께서 방광암에 걸렸다는 소식을 듣게 됩니다.

남의 일로만 여겼던 일들이 갑자기 주위 사람들에게 나타나면서 필자의 인식에도 변화가 일어나기 시작합니다.

'암이란 것이 결코 드라마 속의 이야기만은 아니구나!' 하는 깨달음을 갖게 된 것입니다.

돌이켜 보면 이전에는 암환자가 많지 않았던 것으로 기억됩니다.

가족은 물론이고 살고 있던 동네에서도 암에 걸렸다는 소식을 거의 들어보지 못했습니다. 그런데 웬일인지 10여 년 전부터 갑자기 여기 저기서 암환자기 생겨나기 시작했습니다.

자료를 살펴보면 우리나라의 암환자는 50만 명에 달하는데 매년 15만 명이 암에 걸리고 7만 명 정도가 사망하고 있다고 합니다.

성인 인구 네 명 중 한 명은 암에 걸려 사망한다고 하니 확률적으로 가족 중 한 명은 암에 걸릴 수 있다는 이야기가 됩니다.

우려되는 일이지만 암이 발생하는 이유도 아직은 짐작뿐이고 정확한 원인은 알지 못하며 암에 걸리면 수술이 최선이라는 것 이외에는 사실상 진전된 것이 별로 없습니다.

꿈의 치료기라고 불리고 있는 양성자치료기도 우리나라에는 한 대밖에 없다고 합니다.

500억이라는 상상을 뛰어넘는 고가의 장비이기 때문인데 환자의 수용 능력이 1년에 400여 명에 불과하다는 것도 안타까운 일이지만 무엇보다 3천만 원에 이르는 치료비는 많은 부담이 아닐 수 없습니다.

문제는 그조차도 말기의 암 치료에는 한계가 있으며 고장이 잦고 시간이 오래 걸려서 신청을 해도 2년 이상을 기다려야 차례가 주어진다고 하는 사실입니다.

일반적으로 많이 쓰이고 있는 항암치료법은 대중에게 알려진 그대로 현재는 보조요법에 불과하고 '암의 진행을 늦출 뿐 근본적으로 암을 치료하지는 못한다'는 것이 정설입니다. 암세포를 죽이는 데에는 효과가 있지만, 정상적인 세포를 함께 파괴해서 면역력을 떨어뜨리기 때문입니다.

안타까운 일이 아닐 수 없습니다. 그래서 어느 날 문득 '암 환자의 기력을 높일 수만 있다면 면역력이 좋아져서 각종 고질병도 치유하고 항암제의 부작용을 막아서 암도 치료할 수 있지 않을까?' 하는 생각을 하게 되었고 그와 같은 관점에 초점을 맞추어서 연구하게 되었습니다.

지난 번 부산의 암 요양원에서 실시되었던 임상시험 역시 그와 같은 이론을 바탕으로 완성된 '새로운 치유법'을 시험한 것입니다.

기대했던 대로 결과는 매우 놀라워서 임상시험을 시작한 지 열흘도 되지 않았는데 말기 암 환자에게 혈액검사를 한 결과 백혈구와 암 수치가 정상으로 돌아오는 기적 같은 일이 일어났습니다.

기대를 훨씬 뛰어넘는 성공적인 시험이었습니다. 그런데 어떻게 해서 이와 같은 일이 가능했던 것일까요?

항암제가 암세포를 공격해서 치료할 수 있는 것은 항암 성분의 약효 때문인데 항암제의 강력한 효과에도 암 치료에 한계를 보이는 이유는 항암제의 성질이 매우 지독해서 일부이지만 인체의 정상세포까지 견디지 못하고 죽게 되기 때문입니다.

면역력이 약해져서 암이 발생한 것인데 암세포를 죽이는 과정에서 인체가 큰 부담을 떠안게 되다 보니 오히려 면역력이 떨어질 수밖에 없는 아이러니한 구조가 만들어진 것입니다.

"항암제로는 암을 완치할 수 없다."는 어느 전문의의 말처럼 이와 같은 구조 안에서는 절대로 암을 이겨낼 수가 없습니다.

항암제로 암을 치료하기 위해서는 이와 같은 모순된 구조를 개선해서 항암제 탓에 약해진 면역력을 끌어올려야 합니다.

인체의 면역력이 높아진 상태에서 치료하게 되면 암세포는 항암제 이외에도 백혈구의 공격을 받아 이중의 고통을 겪게 되고 결국 괴사에 이르게 될 것입니다.

새로운 방식의 치유법은 배꼽링요법의 원리를 바탕으로 해서 개발된 것으로 인체의 기력을 높여서 약해진 면역력을 되살려 주는 원리입니다.

따라서 항암치료를 받는 환자는 물론 일반 고질병 환자들에게도 큰 도움을 줄 수 있습니다.

이번에 부산에서 실시된 시험의 성공으로 그와 같은 이론이 증명되었으며 혈액검사 결과 확실하게 높아진 백혈구의 증가가 이와 같은 사실을 짐작하게 합니다.

이에 앞서 지인들을 대상으로 이루어진 비공식적인 시험에서 말기의 암환자 5명 중 2명의 암세포가 모두 괴사하였다는 보고를 접한 일이 있기 때문에 확신은 더욱 커집니다.

직접 확인을 하지 못해서 큰 비중을 두고 있지는 않지만은 임상시험의 결과로 미루어 볼 때 충분히 신뢰가 가는 보고라고 생각합니다.

한 가지 안타까운 일은 서정범 교수가 암과 싸우며 투병할 당시 그분에게 힘이 되어 드리지 못하였다는 사실인데 연구가 한창 진행 중이기는 했지만, 새로운 치유법이 완성을 보지 못한 상태에 있었기 때문입니다.

개발 동기

    지난 14년 간 필자가 학회를 이끌어 오는 동안 여러 가지 힘든 일이 많았지만 보람된 일 또한 많았습니다.

    어두운 얼굴로 학회를 찾아왔다가 밝은 표정이 되어 돌아가는 모습을 보며 '내가 이 일을 시작한 것은 참 잘한 일이다.'라는 생각이 들었지만, 얼굴을 맞대며 환담을 하였던 사람이 암환자가 되어 운명을 달리 했을 때는 한계를 절감하며 무기력함 때문에 온몸에 힘이 빠졌고 '이 일을 계속해야 하나?' 하는 회의감마저 들었습니다. 그중에서도 가장 괴로웠던 일은 최선을 다해 치유를 도왔음에도 환자의 병세가 나아지지 않는 것입니다.

    환자의 치유를 돕는 처지에서는 견디기 어려운 고통입니다. 그렇지만 그럴 때마다 한편으로는 의아한 생각이 들었는데 '배꼽은 뼈와 살은 물론 장기가 만들어진 곳이고 그들을 잇는 통로가 분명한데 어째서 모든 병이 낫지를 않는 것일까?' 하는 것입니다.

    배꼽은 모든 장기로 이어지는 통로이니만큼 의약품과 함께 배꼽의 기운을 다스리면 중병에 상관없이 반드시 증세가 사라져야 합니다.

물론 돈키호테 같은 생각이라고 말할 사람도 있겠지만, TV에 방영된 내용을 보면 알 수 있듯이 그동안 많은 난치병과 불치병을 가진 사람들이 낫는 것을 직접 지켜보았기 때문에 이와 같은 믿음이 결코 헛된 생각이 아니란 확신이 있었습니다.

실제의 사례들을 통해서 얻어진 믿음이니만큼 이론과 결과가 일치하지 않는 것은 그 무엇인가 빠진 것이 있기 때문일 겁니다. 그렇다면 미처 챙기지 못하고 빠트린 것은 무엇일까요?

주장이 옳다면 사실을 증명해야 합니다. 하지만 세상에 알려지지 않은 이치를 찾아내어 증명하려면 많은 시간과 비용이 필요하고 경우에 따라서는 몸을 다치는 위험을 감수해야 합니다.

일반적인 때처럼 동물실험을 할 수 있는 것도 아니고 제일 먼저 나 자신이 실험대에 올라 실험대상이 되어야 하기 때문입니다.

가족이 있는 상황에서 쉽게 결정할 수 있는 일이 아닙니다. 현실과 이상 사이에서 갈등과 망설임이 계속되었습니다. 그러나 이와 같은 망설임은 두뇌의 유희였을 뿐 생각이 끝나고 사방을 둘러보았을 때 이미 상황은 진행 중이었습니다.

연구는 한참을 지나서 이미 궤도에 오른 상태였고 목표를 향해 질주하고 있었는데 새로운 것에 대한 기대와 욕구로 본능이 이성을 앞서고 있었기 때문입니다.

삶이란 것이 항상 마음대로 되는 것은 아니어서 가끔은 행동이 사고를 앞지르는 경우가 있는데 이번의 경우가 그랬던 것 같습니다.

이렇게 장고의 망설임과 기대 속에서 새로운 치유법에 대한 개발이 시작되었습니다. 2005년 5월의 일입니다.

암 병동의 임상시험

새로운 프로젝트에 대한 연구는 시작되었지만, 처음부터 암 치료를 목적으로 연구를 진행했던 것은 아닙니다.

성공한다면 바랄 것이 없는 일이지만 지금까지 아무도 성공하지 못했던 일을 필자의 힘만으로 성공한다는 것은 만용에 가까운 일입니다.

"잉어를 잡느라고 애를 쓰다 보면 붕어라도 걸리지 않겠나?"하는 배짱과 각오로 시작한 일입니다. 그런데 임원들과 함께 머리를 모으고 연구를 하다 보니 조금씩 가능성이 열리기 시작합니다.

안개가 걷히듯 어느 순간 수수께끼와 같은 난제가 풀리면서 연구는 정점을 향해 치닫기 시작했고 결국 완성을 보게 된 것인데 물론 계획처럼 일이 일사천리로 진행되었던 것은 아닙니다.

1년이면 충분할 것으로 생각하였던 개발 계획이 꼬박 6년의 세월이 소요되었고 걱정했던 대로 큰 비용과 희생을 치러야 했습니다.

이와 같은 어려움 속에서 연구는 완성되었지만 무엇보다 황당했던 것은 암환자에 대한 임상시험을 할 수가 없었던 일입니다.

인터넷에서 자료를 받아 접촉을 시도했지만, 일반인이 운영하는 요양원에서는 잘못될 우려 때문에 반기지 않았고 병원에서는 대체요법이라는 이유만으로 거부했습니다.

나중에는 종교 단체에서 운영하는 병원을 찾아 부탁하며 사정을 해보았지만 모두 차갑게 밀어내며 환자와의 접근을 막았습니다.

처음에는 자부심을 느끼고 사람들을 만나서 부탁했지만 시간이 지날수록 점차 못할 짓을 하다가 들킨 사람처럼 주눅이 들고 동냥을 하는 것 같은 부끄러운 마음이 들게 되었습니다.

'내가 잘못된 일을 하는 것일까?'

한순간 정신이 아찔하면서 후회가 밀려옵니다.

'또 실수하였구나!'

배꼽링요법을 개발했을 때와 마찬가지로 연구에만 정신이 팔려서 치유법을 완성하고 난 이후의 일을 생각하지 못한 것입니다.

의료계의 반발은 배꼽링요법을 시험할 때부터 수없이 겪어서 이미 잘 알고 있는 일이었는데 그것을 까맣게 잊고 있었다니 말이 되지를 않는 일입니다. 그런데 어느 순간 '아!' 하는 탄성과 함께 실성한 사람처럼 웃음이 터져 나옵니다.

돌이켜 생각을 해보니 '대비할 생각을 못한 것이 아니라 고의로 피한 것'이란 사실을 깨달았기 때문입니다.

사람이란 본시 좋은 일은 잊어도 고통스러운 기억은 잊지 못하는 법입니다. 하물며 배꼽링을 들고 병원을 뛰어다니던 때의 기억을 잊었을 리가 없지요.

연구와 시험을 하는 과정에서도 그와 같은 기억이 잠깐씩 떠올랐지만 '지금은 연구만 하자'며 아픈 기억을 지워나갔던 생각이 납니다.

옛 기억이 떠오르고 어려웠던 일들이 생각나면 또다시 겪어야 할 미래의 일들이 두려워서 더는 연구를 진행하지 못할 것이기 때문입니다.

사람의 의식은 신비로운 데가 있어서 때로는 잊고 싶은 기억을 지워가며 자신을 속인다고 하는데 이번에도 또 한 번 운명에 당한 것 같습니다.

'의료계의 현실을 잘 알고 있으면서 뭘 새삼스럽게.'

그렇게 속이 상했던 마음을 정리하고 다시 인터넷에서 정보를 찾으며 의지를 불태웁니다.

사막에는 모래만 있는 것이 아닙니다. 사막의 오아시스처럼 황량한 세상에도 환자의 생명을 위하여 나무와 물이 되어주는 누군가가 반드시 있음을 확신합니다.

잠시 후 이와 같은 생각에 믿음을 주기라도 하듯 부산에 있는 요양병원 한 곳이 눈에 들어왔고 전화를 걸으니 기대했던 음성이 수화기를 통해 들려옵니다.

"암 환자에게 도움이 되는 일이라면 무엇이든지 해볼 용의가 있습니다."

의료계를 향하여 양심선언을 한 요양병원 원장님의 말씀이었습니다.

검증

저녁 8시쯤 되었을까? 암 환우들과 담소를 나누고 있는데 50세쯤 되어 보이는 아주머니 한 분이 몹시 괴로운 듯 울면서 문을 열고 들어옵니다.

말기의 암과 항암치료의 후유증으로 심한 고통을 받고 있다는 그분은 진통제를 복용하고 있음에도 손목과 발목의 통증이 심해서 발을 절고 있었고 침대에 오를 때에도 두 명이 부축을 해야만 했습니다.

당시 그곳에는 3~4명의 환자가 시술을 받기 위하여 차례를 기다리며 화기애애한 분위기 속에서 담소를 나누고 있었는데 그 모습이 어찌나 애처로웠던지 금방 숙연해지며 침묵에 빠져들고 말았습니다.

"조금만 참으세요. 곧 괜찮아질 겁니다."

어려운 상황이었지만 침착하게 대처를 했고 얼마 뒤에 그 여인은 밝은 표정으로 문을 나설 수가 있었습니다.

짧은 시간이었지만 고통이 한결 나아졌기 때문입니다.

다음 날 다시 필자를 찾아왔을 때는 표정이 더욱 밝아져 있었는데 다시 나갈 때에는 옆에 있는 사람들에게 웃음을 짓고 장난스럽게 춤을 추는 모습을 연출했다고 합니다.

그리고 3일째 되는 날에는 누구의 도움도 받지 않은 채 혼자서 침대에 오를 수 있을 정도로 회복되었습니다.

병세의 기복이 심하고 시험에 참가한 날이 부족해서 임상사례에는 기록되어 있지 않지만, 임상시험이 끝나기 수일 전에 있었던 일입니다.

그동안 여러 병원에서 임상시험을 한 경험이 있었지만, 이번의 시험은 그 어느 때 보다도 떨리고 긴장이 되었는데 새로운 방식의 치유법을 처음으로 검증받는 자리이기 때문입니다.

전 세계적으로도 많은 시도가 있었지만 아직은 항암치료제에 의한 부작용의 해법을 찾지 못하고 있는 것이 현실입니다.

따라서 필자의 시험이 성공만 한다면 그것은 암 치료에 새장을 열 수 있는 사건이 될 겁니다.

'과연 예전처럼 효과가 나타날까?'

다소 걱정이 됩니다. 그러나 임상시험이 시작되자 이와 같은 걱정은 한낱 기우에 불과했다는 것이 밝혀졌습니다.

기적처럼 치유를 받은 환자들의 통증이 즉석에서 풀리면서 효과를 나타내기 시작했기 때문입니다. 그렇지만 그동안 겪어 온 수많은 치료법으로 실망한 탓에 불신의 골이 깊어서인지 이처럼 눈에 보이는 효과에도 환자들은 잘 찾아오지 않았습니다.

이렇게 처음 며칠간은 대상자가 부족해서 조바심이 날 정도였지만 4~5일이 지나면서 소문을 들은 환자들이 몰려들기 시작했고 며칠 뒤에는 수용 인원의 한계 때문에 사정을 해서 오는 분을 막아야 했습니다.

"제발 더는 다른 분을 모셔 오면 안 됩니다."

혼자서 많은 사람을 살펴보는 일이 어려웠기 때문이었지만 그분들의 간절한 마음을 거절할 수가 없어서 무리하면서까지 환자들을 수용하게 되었습니다.

힘들고 어려운 과정이었지만 10일째가 되자 좋은 소식이 들려오기 시작했습니다. 검사를 받은 사람들 6명 중 5명에게서 암 수치(CEA)가 내려가거나 백혈구 수치가 올라가고 암세포가 줄어드는 놀라운 일이 일어난 것입니다.

[암 임상시험 23일간의 기록]

다음에 소개하는 내용은 2011년 3월 10일부터 4월 2일까지 부산에 있는 암 요양병원에서 임상시험을 한 후에 작성한 23일 동안의 기록입니다.

임상시험의 목적은 새로운 방식의 치유법이 항암치료로 인한 후유증을 어느 정도까지 개선해서 암의 치료로 이어질 수 있는가를 알아보는 것입니다.

이 시험을 위해서 위장암과 대장암, 유방암 등 말기 판정을 받은 환자와 수술을 받고 난 뒤에 항암치료 중이었던 30여 명의 환자가 참여하였습니다.

다음에 소개하는 임상사례들은 요양병원의 김 박사님이 직접 시험을 참관한 다음 결과를 확인해서 작성한 것으로 암 환자를 대상으로 실시되었던 기록입니다.

이번 시험을 통해서 나타난 효능을 살펴보면 항암치료제의 후유증으로 인한 증상들 대부분이 개선되거나 소실되었고 그 결과 치료로 이어지는 것이 확인되었습니다.

참고로 임상시험에 참가했던 환자는 모두 30여 명이지만 외부에 있는 병원을 오가며 항암치료를 받아야 하는 까닭에 일주일 이상 꾸준히 시험한 환자의 수는 15명 정도입니다.

항암 후유증의 개선이나 치유효과는 15명 거의 모두에게서 나타났지만, 편의상 증상별로 나누어 특이한 때에만 소개하였음을 알려 드립니다.

또한, 환자분들의 프라이버시를 존중하여 성명은 모두 가명으로 하였으니 참고하기 바랍니다.

임상시험에서 나타난 결과와 평가

1) 면역기능의 향상 혈액검사 결과 면역력의 기준이 되는 암 수치는 낮아지고 백혈구 수치가 정상으로 돌아오는 것이 확인 되었습니다.

2) 정형외과 질환 어깨, 허리, 다리, 발목 등에 나타나는 통증 등의 증상이 현저하게 나아지는 것을 확인 되었습니다.

3) 피부과 질환 가려움증, 항문의 염증, 기미가 끼고 검은 얼굴 등의 증상이 현저하게 나아지는 것이 확인 되었습니다.

4) 소화기계 질환 식욕저하 증상, 속 쓰림, 설사, 변비, 장운동 약화, 등의 증상이 현저하게 나아지는 것이 확인되었습니다.

5) 기력의 상승 기운이 없는 경우에도 회복되는 속도가 빠르게 나타나는 것이 확인되었습니다.

임상사례 편

〈사례 1: 위암 말기 십이지장 전이〉

정수민 씨는 40대의 남성 환자로 위암 말기의 진단을 받았지만, 수술할 수 없는 상태에서 항암치료와 식이요법 등으로 치료하며 투병 중인 환자입니다.

암세포가 십이지장까지 전이되었고 병원의 진단 결과는 매우 심각한 상태로 되어 있었지만, 항암제로 인해 얼굴과 팔 등의 피부과 검게 변한 것 이외에는 비교적 좋아 보이는 모습이었습니다.

암 판정을 받기 전에는 사회적으로 인정받으며 왕성한 활동을 했지만, 평소 자신의 몸을 돌보지 않고 무리하게 일을 한 것이 암의 원인으로 작용한 것 같습니다.

정수민 씨는 다른 사람들에 비하여 놀랄 만큼 긍정적인 생각을 하고 있었는데 그 때문인지 임상시험에 참가한 환자 중에서 가장 빠른 효과를 보였습니다.

임상시험에 참여한 다음 날부터 효과가 나타나기 시작하여 가늘었던 변이 굵어지며 쾌변을 보게 되었고 10일 후에 실시된 혈액검사에서는 모든 수치가 정상으로 돌아오는 놀라운 결과가 나타났습니다.

15일쯤 뒤에는 항암치료로 인하여 검게 변색하였던 얼굴빛이 거의 정상에 가깝게 돌아온 것을 확인할 수 있었는데 임상시험이 끝난 후 두 달 뒤에 전화를 걸어서 물어보니 전이되었던 암세포도 거의 사라졌다는 반가운 소식을 들을 수 있었습니다.

임상시험이 끝난 후의 일이지만 당시의 몸 상태가 그 후의 투병에도 영향을 미칠 수 있는 만큼 나름대로 의미가 있는 결과라고 생각됩니다.

〈사례 2: 대장암 말기 늑골전이〉

암 환자들이 치유를 받던 중에 나타난 가장 큰 변화는 뱃속이 꿈틀거리면서 나는 '꾸르룩' 소리입니다. 그런 다음 2, 3일 후에는 많은 양의 대변을 보곤 했는데 때로는 갑자기 방귀가 나와서 당황하는 일도 있었습니다.

항암후유증으로 인해 약해진 장기능이 치유를 받고 회복되는 과정에서 나타나는 변화입니다.

이번에 소개하는 김숙희 씨는 대장암 말기 환자로 항암 치료를 받고 있는 52세의 여성으로 치유를 시작할 당시 암세포의 늑골전이로 인한 마른기침과 변비증상으로 고통을 받고 있었습니다.

그렇지만 마른기침은 치유를 시작한 지 이틀이 지나면서 완전히 사라졌고 힘이 없던 다리에 기운이 붙기 시작했습니다.

또한, 대장암의 여파 때문인지 변비가 심해서 동글동글 뭉치며 잘 나오지를 않아 관장을 받는 상태였는데 2주 후에는 변비가 사라지고 정상적인 변을 보게 되었다고 기뻐했습니다.

더욱 특이하고 고무적인 사실은 그 무렵 약을 바꾸면서 담당의사가 한 말인데 "이 약을 복용하면 변비가 더 심해질 수 있다."고 하였는데도 불구하고 오히려 증상이 없어졌다는 것입니다. 말기 상태지만 희망을 품게 하는 내용입니다.

〈사례 3: 췌장암 말기 골반전이〉

김정민 씨는 40대 여성으로 췌장암 말기 판정을 받은 환자이며 복막과 골반에 전이가 된 상태이며 항암치료를 받던 중에 시험에 참가하게 되었습니다.

증상이 심해서인지 다른 환자들에 비해서 힘들어하는 모습이었으며 심리적으로도 불안해 보여서 큰 기대를 하지 못했었는데 의외로 반응이 빠르고 효과가 커서 주위 사람들을 놀라게 했습니다.

당시 환자 본인이 겪고 있는 가장 큰 문제점은 숨이 차서 숨쉬기가 힘들고 기운이 없는 증상이었습니다. 그런데 3일 만에 숨쉬기가 편해지기 시작했고 며칠 뒤에는 증상이 완전히 사라져서 임상시험이 끝날 때까지 다시는 나타나지 않았습니다.

본인의 말에 따르면 시험에 참가하기 전만 해도 "암이 폐까지 침범하였으니 이제는 내 삶도 얼마 남지 않았구나." 하는 마음이 들었다고 합니다. 그런데 수일 만에 증상이 사라지고 기운이 돌아오기 시작하자 그러한 불안에서 벗어나서 새로운 희망을 품게 되었습니다.

그뿐만이 아닙니다. 열흘쯤 뒤에는 항암치료를 위해 병원에 가서 혈액검사를 받게 되었는데 평상시 600을 맴돌던 백혈구 수치가 2,800까지 올라가는 믿기 어려운 일이 일어났습니다.

검사를 받기 이틀 전에 집안일로 여수에 다녀왔고 힘든 여행으로 기진맥진해 있는 상태에서 나온 결과이기 때문에 놀라움은 더욱 컸습니다.

의사가 '이제는 좋아하는 생선회를 먹어도 되겠다'고 했다며 기쁨을 감추지 못했는데 지난번 항암치료를 받을 당시에는 상상하기 어려웠던 결과라고 합니다.

이후로도 몸 상태는 계속 좋아져서 임상시험이 끝나고 한 달 뒤에 가진 전화통화에서는 "나를 포함해서 모든 사람의 상태가 모두 좋다."며 감사의 마음을 전했습니다. 그런데 두 달쯤 후에 다시 통화하니 이번에는 다른 환자들과는 달리 몸 상태가 많이 안 좋은 것 같아서 마음이 아팠습니다.

워낙에 어려운 병이어서 23일간의 여정으로는 더는 진전된 결과를 얻기가 어려웠던 것 같습니다.

"부산에 다시 내려올 수는 없습니까?"라며 안타까운 심정을 내보였지만 필자의 상황으로는 여력도 없고 너무 먼 거리여서 발만 동동 구를 뿐 어쩔 도리가 없었습니다. 죄송할 뿐입니다.

〈사례 4: 자궁암(방사선 치료)〉

얼마 전 암 요양병원에서 임상시험을 할 때의 일입니다.

하루는 60이 조금 넘어 보이는 아주머니 한 분이 찾아와 조심스럽게 묻습니다.

"선생님, 엉덩이와 앞이 헐고 진물이 나서 죽겠는데 이런 병도 치료가 됩니까?"

이승희 씨입니다. 자궁암 수술을 받고 나서 항암치료 중이라고 자신을 밝힌 아주머니는 항문과 생식기 부분이 찢어지고 헐어서 고통스럽다며 얼굴을 찡그립니다.

"항암치료 후유증 때문인가요?"

안타까운 심정으로 문진합니다.

"아니요. 별별 치료를 다 받았는데도 낫지를 않아서 큰 병원에 가서 검사를 받았더니 자궁암이라고 하데요."

지독한 피부병 덕분에 자궁암을 발견한 것까진 좋은데 수술을 받고 난 뒤에 방사선 치료까지 받고 한참의 세월이 지났는데도 낫지를 않고 사람을 괴롭히니 고생이 이만저만이 아니라는 하소연입니다.

그동안 단순한 염증은 많이 경험해 봤지만, 자궁암으로 인한 경우는 처음이어서 일단 치유를 하며 지켜보기로 합니다.

5일이 지났습니다.

"아주머니 증세가 좀 어떠세요?"

다소 이른 감이 있지만, 혹시나 하는 마음에 기대를 갖고 물어

봅니다.

"거짓말처럼 싹 나았습니더."

아주머니의 표정에 활기가 넘칩니다. 필자조차도 믿기가 어려
울 만큼 빠른 효과입니다.

이승희 씨는 60세의 주부로 증상은 완전히 사라졌으며 임상시
험이 끝날 때까지 한 번도 재발하지 않았습니다.

〈사례 5: 위암〉

양수희 씨는 50대의 가정주부로 위암으로 수술을 받았지만 아
직 임파절쪽에 전이된 것이 모두 사라지지 않은 상태였고 식욕이
없고 숨이 차서 힘들다고 했습니다.

조용한 성격에 성실한 모습을 보인 이분은 시험에 참가한 지
열흘쯤 뒤에는 숨이 차서 힘이 들던 현상이 현저하게 가라 앉았
으며 17일 후에 실시된 혈액검사에서 이전에는 600이었던 백혈
구 수치가 4000으로 상승하여 정상치로 회복된 것을 확인할 수
있었습니다.

〈사례 6: 위암〉

윤영애 씨는 50세 가정주부로 위암 진단을 받았지만, 다행히
초기 상태에서 발견이 되어 수술을 받고 난 뒤에 항암치료를 받
는 상태에서 시험에 참가하게 되었습니다.

윤 영애 씨에게 나타난 특징은 수술을 받은 배 부위가 돌덩이

처럼 딱딱하게 굳어 있고 장기의 기운이 약해져서 장이 마비가 되는 증상입니다.

그 밖에도 속이 쓰리며 저혈압 증세가 있었는데 시험에 참가한 지 3일 째가 되자 속 쓰림 증상이 개선되면서 사라졌고 2주일 쯤 뒤에는 딱딱하게 굳어 있던 복부가 풀리면서 부드러워지고 저혈압도 개선되는 것을 확인할 수 있었습니다.

사실 이런 일에는 치료가 쉽지 않을 뿐만 아니라 장기간의 관리가 필요한데 그럴 수 없었던 것이 아쉬움으로 남습니다.

평소 인정이 많고 마음씨가 고와서 많은 사람과 돈독한 관계를 맺고 있는 것을 볼 수 있었는데 몸이 마음처럼 따라주지 않아서 애를 먹고 있는 듯했습니다.

임상시험이 끝나고 한 달 쯤 가진 전화통화에서는 요양병원에서 퇴원했다는 소식을 들을 수 있었는데 아무쪼록 빠른 쾌유를 바랍니다.

〈사례 7: 유방암〉

조수미 씨는 55세의 가정주부로 유방암 수술을 받고 항암치료 중인 상태에서 시험에 참가했지만 암 발병 이전부터 다리에 힘이 없어서 고생했다고 합니다.

항암치료를 받고부터는 상태가 더욱 악화하여 앉았다 일어서기가 어려웠고 "어구구!" 하는 비명이 저절로 나왔습니다.

오그려 앉는 것이 몹시 힘이 든 상태였는데 이와 같은 증상은 전형적인 방광실증의 증상으로 고질화한 경우에는 치료가 쉽지 않은 병입니다.

　필자를 만나기 전에도 한방과 양방을 오가며 열심히 치료를 받았지만 별다른 효과를 보지 못했다는 사실을 알 수가 있습니다.

　그렇게 어려운 증상이었지만 시험에 참가하면서 즉석에서 통증이 나아지기 시작했고 5일 뒤부터 확연하게 좋아지더니 20일 쯤 뒤에는 증상이 거의 사라지는 것을 확인할 수 있었습니다.

　이분은 퇴원한 이후에도 병원을 오가며 시험에 참가하는 열정을 보였는데 조금 더 많은 시간을 가졌더라면 완치에 이를 것 같은 마음이 들어서 아쉬웠습니다.

임상시험의 결과와 해설

암 환자가 항암치료를 하기 위해서는 혈액 검사에서 백혈구 수치가 2,000 이상이 되어야 항암치료를 할 수 있다고 합니다.

이 때문에 수치가 낮게 나온 환자들은 며칠씩 병원에 입원하면서 주사를 맞고 안정을 취한 다음 재검사에서 수치가 올라간 것을 확인한 다음에야 항암치료를 받을 수 있습니다.

약물이 도움이 없이는 백혈구 수치를 올리는 일이 쉽지 않은 일임을 알 수 있는데 임상시험에 참가했던 환자 중에는 열흘이라는 짧은 시간 안에 암 수치는 물론 백혈구 수치가 정상으로 돌아온 예가 여러 건 보고되었습니다.

암세포 또한 줄어들었다는 보고도 2건이 있었지만, 굳이 사례에 올려서 강조하지는 않았습니다. 항암치료를 병행한 시험이어서 논란의 소지가 있기 때문입니다.

하지만 이들은 이와 같은 결과에 대해 매우 기뻐했고 "이번 시험이 일조했다."며 희망을 품는 모습입니다.

완치를 위해서는 수개 월 혹은 수년의 시간이 필요한 병이어서 많은 것을 기대할 수는 없었지만 아쉬움 속에서도 많은 가능성을 열어 놓은 의미 있는 시간이었다는 생각을 하게 합니다.

물론 23일이란 기간이 충분한 것은 아니었지만, 임상시험의 목적이 항암치료의 후유증을 개선해서 치료율을 높이는 것이었기 때문에 결코 부족한 시간이라고 생각되지는 않습니다.

항암후유증의 특성상 지속하는 기간이 수주에 끝나는 경우도 많기 때문입니다.

무엇보다도 시험 과정에서 나타난 즉각적인 효과에 큰 의미를 둘수 있으며 혈액검사에서 나온 백혈구와 암 수치의 개선은 아무리 낮게 평가를 해도 무시할 수 없는 놀라운 결과입니다.

특히 수 개월 동안 약을 써도 치료되지 않았던 항문과 생식기의 염증이 5일 만에 사라진 뒤 다시 재발하지 않았다는 사실은 면역력의 향상이라는 점에서 매우 긍정적인 생각을 하게 합니다.

이 환자의 경우 약을 써도 낫지 않는 염증 때문에 병원을 찾았다가 자궁암을 알게 되었다고 하는데 이는 단순히 항암치료제로 인한 부작용의 해소를 넘어서 암을 극복할 수 있는 희망을 갖게 합니다.

암이란 질병은 근본적으로 면역계통의 이상 탓에 발생한 것으로 이와 같은 사실은 항암제를 투여하는 환자나 항암제를 쓰지 않는 환자 모두에게 긍정적인 힘으로 작용할 것이기 때문입니다.

항암치료의 가장 큰 단점은 암세포를 치료하는 과정에서 정상세포가 함께 피해를 당한다는 점이며 현재 이 같은 부작용을 치료할 수 있는 치료법이 없기 때문에 시간을 갖고 기다리는 것밖에는 달리 방법이 없다고 합니다.

항암치료를 받은 암환자들이 후유증으로 고통을 받는 이유도 그 때문이지만 이번에 실시된 임상시험의 결과로 이제는 그와 같은 고통에서 벗어나서 암을 완치할 수 있는 기대를 하게 되었습니다.

사과문

임상사례를 적으면서 '과연 이 글을 써도 되는 것일까?' 하는 생각 때문에 한동안 망설이며 고민을 해야 했습니다.

완치의 과정을 담은 내용이 아니기 때문입니다.

완치를 위해서는 적어도 수개월의 시간이 더 필요했지만, 필자의 처지로는 여러 가지 사정과 비용 문제로 인해 계속해서 부산에 머물며 그분들을 돌봐 드릴 수가 없었습니다.

생각하고 싶지 않은 일이지만 책이 나갔을 때쯤에는 상태가 안 좋아져서 임상내용이 아무런 의미가 있지 못하는 분도 있을 것이란 생각을 합니다.

임상이 끝난 뒤 한 달쯤 후에 전화를 드렸더니 "모두 상태가 좋다." 며 기뻐하는 음성을 들을 수 있었지만, 다시 두 달 후에 전화를 드렸을 때는 상황이 변해서 일부의 환자가 어려움을 겪고 있다는 말을 듣게 되었습니다.

암이라는 질병의 특성상 어쩔 수 없는 일이기는 하지만 도울 수 있는 능력을 갖추고 있으면서도 지켜만 봐야 하는 이의 마음은 고통스럽습니다. 비난을 받아 마땅한 일인 줄 알지만, 필자 개인의 힘만으로는 어쩔 도리가 없군요.

며칠을 망설이다가 이렇게 다시 글을 쓰게 된 것은 필자와 같은 심정으로 관심을 두는 사람들이 있을 거란 믿음 때문입니다.

올해는 비도 많이 오고 힘든 날들입니다. 그렇지만 작은 마음들이 모여서 쌓이면 어려운 여건도 극복할 수 있을 것이란 확신으로 용기를 내게 되었습니다. 병마와 싸우며 투병 중인 환우들의 건투를 빕니다.

일반치료와의 병행

　앞에서 소개한 시험결과를 지켜보면서 혹자는 약간의 의문을 갖게 되는 분도 있을 겁니다.

　시험에 참가한 환자 중 일부를 제외하고는 거의 모두 암에 도움이 되는 주사제와 효소 등의 식품을 복용하고 있는 경우가 많기 때문입니다.

　그런 점에서 의문을 갖게 되는 것도 무리는 아니지만, 구체적인 내용을 살펴보면 이는 사실과 크게 다르다는 것을 알 수 있습니다.

　시험에 참가한 환자들 대부분은 수개월 이상 병원에 입원하고 있으면서 이미 그와 같은 방법들을 모두 사용해서 치료를 해오고 있었습니다.

　그와 같은 약물이 별다른 효과를 보지 못하고 있던 상태를 확인한 다음 이루어진 임상시험이기 때문에 약물에 의한 효과라는 것은 어불성설이 될 수밖에 없습니다.

　또한, 진통제를 제외하고는 이들 효소나 주사제들 모두는 암의 치료를 돕기 위해 쓰인 보조식품일 뿐 항암치료에 의한 통증이나 운동

장애에는 별로 도움이 되지 않는 성분들임을 알 수 있습니다.

임상시험은 병원장실 옆에 있는 침대에서 이루어졌고 이를 지켜본 병원장이 직접 임상시험의 과정을 지켜보고 난 다음 결과를 인정한 것은 그분 또한 그와 같은 내용을 잘 알고 있었기 때문입니다.

항암제와 새로운 치유법의 시너지 효과

그렇지만 보조요법으로 복용한 약물들이 건강을 회복하는 과정에서 긍정적인 요인으로 작용한 것은 인정합니다. 새로운 치유법 자체가 약물이나 식이요법과의 상승작용을 염두에 두고 개발된 것이기 때문입니다.

필자는 오래전부터 환자들과 상담을 해 오면서 한약이나 몸에 좋은 식품을 섭취하는 경우에 좋은 효과를 보이는 사례를 자주 보아왔습니다.

앞에서도 잠시 언급을 한 바가 있지만 "치료가 불가능하다."는 진단을 받은 간경화증 환자가 병원에서 준 약을 복용하면서 필자가 개발한 배꼽링을 함께 쓴 다음 두 달 만에 완치가 된 사례가 있습니다.

이 경우에도 약물만을 써서 치료할 때에는 절망적이었지만 배꼽링이란 기구를 함께 쓰면서 치유를 하자 서로 상승작용을 일으키면서 불가능처럼 보이던 병마를 물리칠 수 있었던 것입니다.

그동안 배꼽링 하나만으로도 큰 효과를 거둘 수가 있었습니다. 따라서 약물과 보조를 이룬다면 새로운 치유법의 가능성은 그 어느 때보다도 높을 것으로 생각합니다.

인체의 활동이 식품에 의한 화학적 성분과 전기적 흐름에 의하여 유지되기 때문입니다.

이와 같은 사실들로 미루어 볼 때 약물만 복용하는 것보다는 전류를 이용한 치유가 병행될 때 더욱 큰 효과를 보게 된다는 것을 알 수 있습니다.

인체를 자동차 여행에 비유했을 때 약물과 식품을 연료라고 한다면 기맥과 경락은 도로라고 할 수 있습니다.

자동차가 잘 달리기 위해서는 품질이 좋은 연료를 써야 하겠지만 아무리 좋은 차를 타고 여행을 나서도 길이 패거나 상태가 나쁜 도로를 달리면 승차감도 나쁘고 목적지에 도착하는데 어려움을 겪게 됩니다.

반면에 성능이 다소 떨어지는 차를 타고 가더라도 길이 잘 닦여진 고속도로를 달려가게 되면 이른 시간에 사고 없이 목적지에 도착할 수 있습니다.

질병의 발생하면 전류의 흐름이 약해져서 기맥과 경락의 힘이 떨어지고 교차로와 같은 역할을 하는 혈이 막히는 현상이 일어나게 됩니다.

이와 같은 상황에서 새로운 방식의 치유법으로 막힌 혈을 뚫어주게 되면 기맥과 경락의 기능이 살아나면서 약물의 효과가 목적하는 부위에 잘 전달되어 온전한 기능을 하게 됩니다.

좋은 도로를 달리는 승용차가 빠르고 안전하게 목적지에 도착하는 것과 같은 이치인 것입니다.

이와 같은 기본적인 바탕 위에서 임상사례를 통해 예상되는 암의 치유기전은 다음과 같습니다.

생명의 근원지인 배꼽을 통해 에너지를 주입하게 되면 인체는 쾌적하고 안정된 상태가 되어 백혈구 수치가 올라가면서 면역체계가 복원되고 기력이 상승하게 됩니다.

반면 항암제의 공격을 받아 괴로운 상태에 있던 암세포는 엎친 데 겹친 격으로 면역세포로부터 이중의 공격을 당하는 처지가 되어 힘없이 무너지게 되는 것입니다.

자연의 이치로 보았을 때 그것은 당연한 결과이며 약물과 함께 전류 시스템의 협력이 절대적으로 필요한 이유입니다.

새로운 치유법의 개발

암을 치료하는 일이 어렵다고는 하지만 방사선 치료나 항암제 치료를 받으면 암세포를 파괴해서 암을 치료할 수가 있다고 합니다.

따라서 많은 환자가 이와 같은 말에 희망을 품고 치료를 하며 투병 의지를 불태웁니다. 그런데 어찌 된 일인지 병은 낫지를 않고 환자들은 점점 기운을 잃어갑니다.

'암세포를 파괴하는 방법이 있는데도 불구하고 왜 암은 낫지를 않는 것일까?'

이와 같은 생각은 필자뿐만 아니라 많은 사람이 오래전부터 가지고 있었던 의문일 것입니다.

가장 큰 원인으로 항암치료제의 부작용을 꼽고 있지만, 단순히 부작용 때문만은 아닐 것이라는 생각이 든 것은 항암제 치료로 효과를 본 사람이 실제로 존재하기 때문입니다.

그러다가 배꼽링의 원리를 연구하는 과정에서 미세전류에 관한 자료를 보게 되었고 그 이유에 대한 답을 찾을 수가 있었는데 그것은 "인체의 활동은 화학적 성분과 전류의 흐름에 바탕을 두고 있다."는 것입니다.

큰 축을 이루고 있는 두 개의 구성 요소를 무시한 채 한 가지 방법만을 쓰고 있기 때문에 항암제의 강력한 효능에도 암을 치료하기가 어려웠던 것으로 판단한 것입니다.

물론 원인을 파악했다고 해서 문제가 해결되는 것은 아니어서 많은 고민을 해야 했는데 당시의 상황에서 분명하게 알 수 있었던 것은 전류를 이용한 치료기의 기술적인 한계와 잘못된 인식 구조였습니다.

모두 암세포를 공격해서 파괴하려고만 하였지 인체의 면역력을 높여서 우리 몸 스스로 암을 이겨낼 수 있도록 도와주는 시스템이 아니었던 것입니다.

그와 같은 구조와 방식으로는 암세포를 괴롭힐 수는 있지만, 암을 치료하기는 불가능하다는 판단입니다. 수술로 암을 제거해서 없애버려도 다시 재발하게 되는 것과 같은 이치입니다.

이와 같은 일을 예방하고 근원적으로 암을 치료하기 위해서는 항암 치료와 함께 인체의 면역력을 높여주어야 하는데 암의 발생 원인이 면역체계의 붕괴 때문입니다.

우연인지는 모르겠으나 필자는 배꼽링요법을 개발할 때부터 '기라고 하는 에너지의 존재는 전류의 흐름이다.'라고 판단했고 '배꼽링의 효과는 인체의 자가치유력을 높여주는 것이다.'라고 생각해 왔습니다.

이와 같은 내용은 필자의 저서는 물론 방송에서 배꼽링의 효과를 소개할 때 가졌던 인터뷰 내용 중에도 잘 나타나 있습니다.

다행히도 첫 단추를 낄 때부터 치료를 위한 정확한 위치와 방향을 파악하고 있었기 때문에 주제에서 벗어나지 않고 올바른 치료법에 접근할 수 있었습니다.

방향을 정하고 나서는 오직 새로운 치유법의 완성만을 바라보며 정진해야 했고 많은 시간과 비용을 들여서 연구해야 했는데 배꼽링에서 새로운 방식의 치유법이 개발되기까지 15년이 넘는 긴 세월을 연구와 실험에 빠져서 살아야 했습니다.

개인의 의지와 노력만으로 연구를 진행하다 보니 어려움도 많았습니다.

필자 자신이 직접 실험 대상이 되어서 갖가지 자극을 온몸으로 겪어내야 했고 무리한 실험 탓에 위장과 간장, 신장 등의 기능에 문제가 발생하기도 하였습니다.

두려움 때문에 연구를 그만두고 싶었던 적도 헤아릴 수 없이 많았지만, 이 같은 상황에서도 끝까지 연구를 진행해서 새로운 방식의 치유법을 완성할 수 있었던 것은 그동안 배꼽링요법을 통해서 얻은 경험과 이론에 대해서 확신 있었기 때문입니다.

"콩 심은 데서 콩 나고 팥 심은 데서 팥 난다."는 말처럼 모든 것이 바른 자리를 찾아가는 것을 보면서 고생한 보람을 느끼게 됩니다.

치유법의 원리와 항암치료

"항암치료는 환자를 기만하는 치료법으로 항암치료를 하면 인체의 면역력을 떨어뜨리기 때문에 절대 해서는 안 된다."

인터넷에 올라 있는 글 중에 한 구절로 충분히 일리가 있는 내용입니다. 그렇지만 필자가 임상시험의 결과를 분석하면서 가지게 된 생각은 '반드시 그렇지만은 않다.'는 것입니다.

일반적으로 대체의학을 연구하는 사람들은 병원치료에 회의를 하고 있기 때문에 항암치료에 대해서 부정적인 생각을 갖고 있는 경우가 많습니다.

물론 의사들 또한 대체요법에 대해서 부정적인 생각을 하고 있지만, 필자의 경우는 편견을 떨치기 위해 애를 써왔고 환자들에게 병원에 갈 것을 조언해 왔는데 때로는 이 때문에 오해를 사서 발길을 끊는 사람들도 있었습니다.

필자 또한 그동안 당한 수모를 생각하면 의료계에 대한 시각이 좋을 수만은 없는 것이 사실이지만 그런데도 불구하고 병원치료를 권할 수밖에 없는 가장 큰 이유는 '어떤 상황에 있더라도 환자가 우선이 되

어야지 개인이나 어느 집단의 이익이 앞서는 일이 있어서는 안 된다.'
는 생각이 있기 때문입니다.

개인의 감정보다는 환자들의 건강이 소중하다는 것은 말할 나위가
없는 일입니다.

임상사례를 살펴보면 단순히 대체의학에만 매달리는 사람보다 병
원치료와 함께 치유를 받는 사람들의 경우가 효과도 빠르고 결과가
좋게 나타나는 것을 자주 볼 수 있었습니다.

이는 인체의 활동이 화학적 성분과 전류의 흐름이라는 관점에서 볼
때 너무나 당연한 일입니다.

물론 병원치료 한 가지만을 강조한다면 부정적인 시각을 갖게 되는
것도 당연한 일입니다.

여러 가지 자료를 살펴보면 항암치료에 대한 편견이 잘못된 것이라
고 말하기도 어려운 실정인데 암 환자를 치료하는 의사들조차도 항암
제의 효과에 대해서 부정적인 생각을 하고 피하는 경우가 적지 않기
때문입니다.

항암제는 수술한 상태에서 남은 암세포를 제거하기 위해서 혹은 수
술이 어려울 만큼 악화한 상태에서 크기를 줄이기 위한 목적으로 사
용하는 것은 필요하다고 생각됩니다.

하지만 말기 암과 같은 불치병의 치료에 약물치료만을 고집하는 것
은 매우 어리석은 생각으로 항암제만으로 말기의 암을 고칠 수 있다
고 주장하는 것은 죄악에 해당할 만한 범죄라고 생각합니다.

환자의 알 권리와 생명에 대한 모독이라고 생각하기 때문입니다.

필자가 항암제나 난치병의 병원치료에 대해서 긍정적인 생각을 하

고 치료를 권할 수 있는 것은 배꼽링과 새로운 방식의 치유법이 약물의 부작용과 후유증을 개선할 수 있기 때문에 가능한 일입니다.

새로운 방식의 치유법은 배꼽링과 마찬가지로 배꼽과 그 주위에 있는 기맥들을 이용하며 배꼽링에서 발생하는 전류와 같은 크기의 힘을 이용해서 잘못된 기맥의 흐름을 바로 잡아 인체의 기력을 높여주는 작용을 합니다.

또한, 진주와 광석에서 발생하는 파동의 성질처럼 자연스러운 에너지를 전달하여 인체의 기운을 돋우게 되는데 이 과정에서 면역력이 향상되면서 암이나 난치병이 치유되게 됩니다.

지면을 통하여 설명하다 보니 다소 부족한 점이 있지만 중요한 것은 배꼽링처럼 사용이 간단하고 하루 20분 정도의 노력으로 암 환자를 비롯한 각종 난치병으로 고생하는 사람들에게 도움을 줄 수 있다는 사실입니다.

암 환자는 많고 의욕만 앞서다 보니 말도 되지 않는 방법을 내어놓고 효과를 주장하는 사람들도 적지 않습니다.

주장이 난무한 현실에서 환자들도 어느 것을 믿어야 할지 몰라서 망설이게 되는데 옥석을 가리는 것이 결코 쉬운 일은 아닙니다.

신뢰할 수 있는 의료기관에서 임상시험을 한 다음 효과를 확인해야 하는 것도 이와 같은 이유 때문이며, 새로운 요법이 반드시 거쳐야 할 과정이라고 생각합니다.

새롭게 밝혀지는
질병의 원인과 치료의 원리

정상일 때는 양쪽이 서로 균형을 이루고 있는 상태

심장에 병이 발생했을 때의 전류의 흐름과 방향

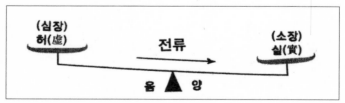

소장에 병이 발생했을 때의 전류의 흐름과 방향

인체의 전류와 질병의 발생

    침을 놓을 때 이용되는 경락이 전류의 성질을 띠고 있다는 것은 이미 오래전부터 알려져 온 사실입니다.

    이와 같은 이론과 실증에 따라 필자는 오랫동안 기맥과 경락을 따라서 흐르고 있는 전류의 성질과 작용을 연구해왔으며 결국 그와 같은 원리를 찾아내서 특허를 받고 새로운 치유법을 완성하게 되었습니다.

    위에 그림은 그 과정에서 밝혀진 과학적 원리를 설명한 것으로 기맥과 경락에서 병이 발생했을 때 나타나는 전류의 흐름과 방향을 나타내주고 있습니다.

    그림에서는 심장과 소장만을 예로 들었지만, 상황에 따라서는 모든 장기가 같은 상황에 놓이게 되는데 한방침구학에서 말하는 허실과 보사의 원리와 동일한 구조입니다.

    원리를 살펴보면 먼저 맨 위에 그림은 인체가 건강한 상태에서 서로 균형을 이루고 있는 상태를 가리킵니다.

    그 아래에 있는 그림들은 양쪽의 균형이 깨지고 둘 중 하나가 한

쪽으로 기울면서 낮아지거나 높아져서 병이 드는 상태를 나타냅니다.

이때 낮아진 쪽에서는 기의 흐름이 약해지고 혈이 막히면서 통증이 발생하게 되는데 한방에서는 이를 실증이라고 표현합니다.

실증이란 질병이 발생했을 때 몸에 나타나는 반응으로 기운이 좋아졌다는 뜻이 아니라 병증이 심해져서 전류의 저항이 높아졌다는 의미가 있습니다.

실증 상태에서는 활발한 병증상과는 달리 기와 전류의 흐름은 약해진 상태에 놓이게 되는데 그림에서 실증이 낮은쪽에 위치하는 이유도 바로 그 때문입니다.

병을 치료하기 위해서는 아래쪽 그림에서 표시한 것처럼 화살표 방향대로 전류를 흘려보내서 기력이 낮아진쪽의 기운을 높여 주어야 합니다.

낮아진쪽이 다시 올라가서 맨 위의 그림처럼 양쪽의 균형이 맞게 되면 증상이 사라지면서 병이 낫게 됩니다.

특이한 것은 기와 전류의 방향은 항상 같은 방향으로 흐르는 것이 아니라 몸의 상태에 따라 방향을 바꾸면서 흐른다는 것이며 어느 한쪽이 낮아지면 반드시 다른 한쪽이 높아지게 됩니다.

그와 같은 변화는 몸 상태에 따라서 전류의 흐름이 왼쪽 혹은 오른쪽으로 방향이 바뀌면서 나타나는 현상으로 우리 몸의 자가치유력이 필요에 따라 전류의 흐름과 방향을 조절하면서 치료를 하고 있다는 증거입니다.

위의 그림에서 설명하는 것처럼 심장의 흐름이 약해지면 심장 쪽으로 전류를 흘려보내고 소장의 흐름이 약해지면 심장과 반대 방향인

소장 쪽으로 전류를 보내서 치료를 돕는 것입니다.

　한방의 경락에서 나타나는 허실의 반응과 일치하는 원리라는 것을 알 수 있습니다.

　이와 같은 현상은 전기가 높은 곳으로부터 낮은 곳으로 흐르는 성질 때문이며 물리학에서는 이와 같은 원리를 등위의 법칙이라고 합니다.

침과 뜸의 원리

　피부에 있는 경혈에 침을 꽂아놓게 되면 철로 만들어진 침에서 70mV 정도의 전기가 발생하게 되고 이렇게 만들어진 전기가 경락을 따라 흐르는 전류에 영향을 미쳐서 병을 치료하게 됩니다.

　뜸은 쑥이 탈 때 발생하는 고열로 피부의 체온을 높여서 전압을 높이는 것으로 열을 가했을 때 높아지는 전기의 성질을 이용해서 치료를 유도하는 방법입니다.

　이와 같은 원리에 따라서 배꼽링요법에서는 그동안 은으로 만들어진 링에서 발생하는 전류를 이용해서 약해진 기맥의 기운을 높여주는 방식으로 중풍과 간경화 등의 난치병들을 치유해왔습니다.

　이번에 새로운 치유법을 개발하면서 알게 된 중요한 사실이 있는데 그것은 한방에서 침을 놓을 때 사용되는 여러 가지 원리가 놀라울 정도로 정밀한 과학적 구조로 되어 있다는 것입니다.

　전기를 모르던 예전의 사람들이 어떠한 방법을 통해서 그와 같은 원리를 밝혀내게 되었는지는 알 수 없는 일이지만 필자가 개발한 치유법과 원리가 일치한다는 것을 확인할 수 있었습니다.

이와 같은 방법은 근육에서 발생한 통증이나 증상에 잘 듣게 되는데 피부와 근육을 따라서 흐르는 직류에 직접적으로 작용하기 때문입니다.

다만, 한 가지 아쉬운 것은 침이나 뜸과 같은 자연의 재료에서는 오직 직류만이 발생하기 때문에 파동과 같은 교류를 해야 하는 장기의 병에 대해서는 한계를 보일 수밖에 없다는 점입니다.

그와 같은 문제를 보완하기 위해서 배꼽링을 사용할 때에는 진주와 광석 등의 재료를 함께 써서 그들의 파동을 치유에 이용해 왔으며 임상시험에서 밝혀진 것처럼 큰 효과를 거둔 바가 있습니다.

새롭게 개발된 치유법에서는 배꼽링과 유사한 정도의 전류와 각각의 장기에 맞는 정확한 파동을 사용해서 인체의 기력을 높여주게 됩니다.

이와 같은 방식은 한방침구학의 원리는 물론 서양의 미세전류치료법과 양자의학에서 추구해 오던 파동의 원리를 효율적으로 접목한 것으로 감히 세계 최고의 치유법이라고 자부할 수 있습니다.

물론, 이론이 아무리 그럴듯해도 결과가 신통치 않으면 아무런 소용이 없습니다.

필자가 온갖 시련을 겪으면서도 임상시험을 진행하는 이유도 그 때문인데 모든 것은 앞에서 소개한 임상시험의 결과가 증명해줄 것으로 믿습니다.

5장

암환자와 성인병을 위한
식이요법

식이요법의 중요성

오래전의 일입니다. 앞에서도 잠깐 언급한 적이 있지만, 경희대학교 학원장님의 초청으로 병원장들 회의에 참석한 일이 있었습니다.

미국의 유명한 암치료센터에서 부원장을 지내다 돌아온 최 박사님의 의견을 듣기 위해서였는데 경희대학교 병원의 병원장들이 모두 모인 자리에서 학원장님이 사상체질에 관하여 의견을 피력합니다.

"사상의학에 관한 자료를 읽어보았는데 정말 훌륭하더군요. 나에게 점수를 주라고 하면 C학점을 주겠습니다."

C학점이라면 다소 낮은 점수라서 의아한 마음이 들었지만, 그분의 말씀을 모두 듣고 나니 공감을 할 수 있었습니다.

"오래된 옛날 사람의 연구 성과가 C학점 수준이면 정말 대단한 일이거든."

현재의 의학적 기준에 맞추어 판단하면 부족하지만, 식품에 대한 인체의 반응과 체질의 특성을 연구하고 학문으로 남겼다는 사실을 높이 평가한다는 뜻으로 이해할 수 있습니다.

체질을 연구하는 처지에서 그때의 기억은 오래도록 잊히지 않고 마음에 남았는데 그분의 말씀이 필자에게 남긴 교훈은 크게 두 가지입니다.

하나는 체질론이 갖는 의미와 그 중요성을 그리고 또 하나는 C학점의 한계입니다.

사상체질과 같은 병 체질은 분명히 존재합니다. 그렇지만 사상체질이 갖는 한계는 인정할 수밖에 없다는 생각이 들었고 확신이 서지를 않아서 체질론을 말할 때에는 앞에 나서기가 꺼려졌던 것입니다.

필자는 체질 연구가인 서정범 교수의 조언에 따라 오래전부터 사상체질과 관련해서 체질에 맞는 음식과 식품에 관해서 연구해 오고 있습니다.

젊은 시절에는 무전여행을 하는 과정에서 그리고 이후에는 외국에 진출하기 위한 수단으로 요리와 관련된 여러 개의 자격증을 취득하면서 자연스럽게 식품영양학에 대해서도 관심을 두고 공부를 하게 되었습니다.

따라서 체질에 관해서는 나름대로 전문가적인 식견을 갖게 되었지만, 연구가 부족하다는 생각에서 그동안 여러 권의 책을 내면서도 체질과 관련된 식단을 자제해왔습니다.

책임의식을 가진 사람으로서 확신이 서지 않는 내용을 함부로 권할 수는 없었기 때문입니다.

음식은 질병과 밀접한 관계를 하고 있어서 건강을 위한 식단을 조언한다는 것이 쉬운 일은 아닙니다.

환자들의 식단을 추천하는 일이니만큼 신중한 결정이 필요했지만, 다행히 오랜 연구를 통하여 나름대로 쌓은 지식과 경험이 있었고 이

제 치료사가 지녀야 하는 기본적인 조건은 갖추었다는 생각에 용기를
내어 독자들에게 유용한 정보를 제공하려 합니다.

도움이 되기를 바랍니다.

건강한 식단

몸에 좋은 음식과 나쁜 음식

어느 날 공도자라는 제자가 맹자에게 질문합니다.

"스승님, 사람은 다 같은 사람인데 소인이란 무엇이며 대인이란 또 무엇입니까?'

이 말을 듣고 맹자가 말하기를 "소체를 가진 사람은 소인이요. 대체를 가진 사람은 대인이니라."

이와 같은 논제를 놓고 맑은 날 오후 서당에서 훈장님이 아이들에게 묻습니다.

"그러면 여기서 소체와 대체를 아는 사람 손들어 봐라."

훈장님의 말이 떨어지기가 무섭게 여기저기서 아이들이 손을 들고 외칩니다.

"저요. 저요."

"흠, 녀석들 오늘은 공부를 많이 해왔군"

훈장님이 흐뭇한 미소를 지으며 한 아이를 지목합니다.

"그래, 오늘은 말썽꾸러기 민수가 한 번 말해보아라."

자리에서 일어난 민수 자신 있게 큰 소리로 대답합니다.

"네. 저처럼 뚱뚱하고 체격이 큰 사람을 대체라고 하고 애처럼 체격이 작은 사람을 소체라고 합니다."

낯빛 하나 안 변하고 뻔뻔하게 말을 하는 민수를 보며 훈장님이 역정을 내십니다.

"이 녀석아, 그러면 나도 소인이란 말이냐?"

아마 훈장님의 체격이 작았던 모양입니다.

어린 시절 흥미롭게 읽었던 교육용 만화의 한 대목으로 몸에 좋은 음식과 관련해서 옮겨보았습니다.

얼마 전 회원들과 함께 대담을 나누는데 한 회원이 질문을 합니다.

"체질에 맞게 음식을 가려 먹어야 한다는데 그럼 체질에 맞는 음식이란 어떤 것입니까?"

"많이 먹어도 소화가 잘 되고 먹고 나면 기운이 나는 음식이 아니겠습니까."

그때 옆에서 듣고 있던 회원 한 사람이 이렇게 반문합니다.

"먹어서 맛있고 내가 좋아하는 음식이 내 몸에 맞는 음식 아닙니까?"

언뜻 들으면 그럴듯한 말처럼 들리지만, 그것은 체격이 작다고 소인이라고 대답하는 것처럼 매우 위험한 생각입니다.

필자도 수박을 좋아해서 즐겨 먹었지만 툭하면 탈이 나는 바람에 요즘은 양을 줄이고 몸 상태가 좋을 때만 가려서 먹고 있습니다.

맛도 있고 영양 면에서는 나무랄 데 없는 음식이라도 때로는 먹고 나서 탈이 나는 경우를 경험하게 되는데 입에 맞는 음식이라고 해서 몸에 좋은 음식이 결코 아니기 때문입니다.

"이게 정력에 그렇게 좋다는구먼."

친구에 권유에 역겨운 맛이 나는 보양식을 코를 막고 열심히 먹어보지만, 결과는 화장실을 드나드는 것으로 끝을 맺는 경우도 드물지 않게 볼 수 있는 풍경입니다.

사람은 각기 타고난 체질에 따라 잘 맞는 음식과 맞지 않는 음식이 있기 마련입니다. 아무리 좋은 보양식이라고 해도 먹고 나서 배가 아프고 탈이 난다면 남들에게는 보약이지만 내게는 독약과 다름이 없습니다.

그러면 과연 내 몸에 맞는 좋은 음식이란 어떤 것일까요?

내 몸에 맞는 좋은 음식이란 간단하게 말해서

"양껏 먹어도 소화가 잘 되며 먹고 나면 기분이 좋고 기운이 나는 음식."이라고 정의할 수 있습니다.

"보기 좋은 떡이 먹기도 좋다."라는 속담이 있기는 하지만 겉모양이나 입맛만으로 좋은 음식이라고 판단하는 것은 잘못된 생각입니다.

"소인이란 감각기관에 의존해서 즉흥적으로 행동하는 사람을 말하고 대인이란 감정에 치우치지 않고 이성적인 생각을 갖고 행동하는 사람이다."라고 하는 맹자님의 말씀처럼 속 깊은 마음을 갖고 판단을 해야 내 몸에 좋은 음식을 가려내서 건강을 지킬 수 있는 것입니다.

내 몸의 체질 알아보기

냉 체질과 온 체질

한 일식집에서 조리장이 주문받은 생선전골을 정성스럽게 끓여냅니다. 그런데 잠시 후 여종업원이 도로 가지고 들어와서는 염장을 지르고 나갑니다.

"실장님. 이거 손님이 맛없다고 다시 만들어 달래요."

조리장, 자존심이 상하고 속이 터지는지 다시 들어온 생선전골을 뚫어지듯 바라보고는 조미료를 한 숟가락 퍼 넣고 다시 끓입니다.

"미스 김, 음식 다 되었으니 다시 가져다 올리세요."

얼마 후 식사가 끝난 뒤 조리장이 여종업원을 불러서 묻습니다.

"손님들 음식은 다 드셨어?"

그 말에 미스 김이 생글거리며 대답합니다.

"그 손님들 맛있다며 입에 쫙쫙 붙는다고 하던데요."

조리장이 처음에 음식을 만들었을 때는 화학조미료가 몸에 안 좋다고 생각해서 양을 적게 넣었던 것인데 조미료 맛에 익숙해진 손님들이 타박했던 것 같습니다.

질병과 관련해서 한국 사람들이 가장 크게 관심을 두는 부분은 식품의 영양과 더불어 체질에 맞는 음식입니다.

"과연 이 음식이 내 몸에 잘 맞는 것일까?"

누구나 한 번쯤 가져보는 생각입니다. 그런데 문제는 체질을 구분하는 일이 어려워서 전문가조차도 오진하는 경우가 많다는 것입니다.

필자의 경우만 하더라도 한의대 교수를 지낸 체질 전문가가 맥을 짚어서 확인하더니

"선생님은 태양 체질입니다." 하고 진단을 내렸지만, 수박이나 냉면 등을 먹었을 때 탈이 나는 것을 보면 결코 태양 체질로 보기가 어려운 것이 사실입니다.

10년이 넘게 자신의 체질을 살펴온 바로는 태양 체질보다는 소음 체질에 가깝다는 것이 필자의 판단입니다.

온 체질에 좋다는 배를 먹어도 탈이 나서 몸 상태가 좋을 때만 가려서 먹고 있으며 사과가 잘 맞고 차가운 냉면보다는 뜨거운 설렁탕이 몸에서 잘 받아들입니다.

이처럼 체질론은 인체의 건강에 큰 영향을 미칩니다. 하지만 그와 같은 가치는 인정하면서도 체질에 관한 이론을 펼치기는 어려웠는데 문제는 체질에 대한 구분이 쉽지 않다는 이유 때문입니다.

체질의 이해

　길을 가다 보면 아리따운 여인을 만날 때도 있고 술에 취한 주정꾼
을 만나서 억울한 소리를 듣게 되는 일도 있는데 삶이란 것이 길을 걷
는 것과 같아서 언젠가 한 번은 그와 같은 일로 마음을 다쳐서 한의원
을 찾게 되었습니다.

　3대째 한약방을 운영해왔다는 원장님은 50이 조금 넘은 여성이었
는데 필자의 맥을 보더니

　"기력이 달려서 신경이 예민해진 것 같네요. 보약을 한 재 지어먹
는 것이 좋겠습니다."며 한약을 권합니다.

　"그럼 인삼이나 녹용을 복용해야 할까요?"

　한약 하면 왠지 쓴맛이 생각나서 슬쩍 말을 돌려보는데 원장님이
고개를 가로저으며

　"심장이 흥분된 상태이기 때문에 인삼은 절대로 안 된다."고 합
니다.

　원장님의 말을 부정할 생각은 없지만, 인삼도 들어가지 않은 보약
을 먹자니 마음이 내키지 않아서 다음에 다시 들르기로 하고 발걸음

을 돌려 집으로 향합니다.

당시는 필자가 미국의 시애틀에 머물고 있던 때로 30대 초반의 나이였습니다. 그렇지만 힘이 떨어졌을 때 인삼을 먹고 기운을 차렸던 경험이 있기 때문에 인삼에 대한 미련을 버리지 못해서 결정하지 못한 것입니다.

며칠이 지난 뒤 다시 한의원을 찾아갑니다. 몸이 재산이라고 아무래도 보약을 한 재 지어먹어야 기운이 날 것 같은 생각이 들었기 때문입니다.

원장님이 반갑게 맞으며 다시 맥을 짚어봅니다.

"이제는 인삼을 넣어서 약을 지어도 되겠네요."

'며칠 사이에 체질이 바뀌었나?'

궁금한 마음에 원장님께 그 이유를 물어봅니다.

"며칠 전에 맥을 보았을 때는 맥이 너무 날카로워서 인삼을 권할 수가 없었지만 오늘은 맥이 많이 안정되어서 인삼을 넣고 약을 지어도 좋을 것 같습니다."

원장님의 말씀입니다. 결국, 그분에게 한약을 지어먹고 큰 효과를 보았으며 건강을 회복할 수 있었습니다.

이 같은 내용은 필자가 체질에 관한 설명을 할 때마다 빠지지 않고 언급되는 이야기로 사람의 체질은 고정된 것이 아니라 상황에 따라 달라질 수 있다는 것을 말해줍니다.

몇 해 전에도 실험하느라 기력이 달려서 인삼을 복용한 적이 있었는데 오히려 심장이 두근거리고 잠이 잘 오지를 않아서 후회한 적이 있습니다.

맥을 짚어보았을 때 인삼을 먹어서는 안 될 만큼 날카로운 상태를 보이고 있었는데도 불구하고 인삼을 먹었던 이유는 "사람의 체질이란 것은 태어날 때부터 안고 나오는 것이기 때문에 한 번 정해지면 절대로 바뀌지 않는다."는 체질론자들의 주장을 실험해보고 싶은 욕구를 느꼈기 때문입니다.

몸은 고생했지만 이 일을 계기로 체질에 관한 기존의 주장이 잘못되었다는 것을 확인할 수 있었고 체질을 구분해서 음식을 섭취할 때에는 주어진 몸의 상태를 고려해야 한다는 생각에 확신을 하게 됩니다.

올바른 체질의 구분과 음식의 선택

한방에서는 인간의 장기를 음과 양으로 나누어 찬 성질을 가진 장기와 따뜻한 성질을 가진 장기로 구분합니다.

예를 들어서 위장의 경우 따뜻한 것을 좋아하기 때문에 배를 차갑게 하면 배탈이 나서 고생을 하게 되고 간장은 찬 것을 좋아해서 기온이 높은 곳에 오래 있게 되면 정신이 산만해지고 집중력이 떨어져서 일에 능률이 오르지 않게 됩니다.

이와 같은 이치를 통해서 알 수 있듯이 사상체질의 근본은 병 체질에서 비롯된 것으로 위장처럼 뜨거운 것을 좋아하는 장기가 약해졌을 때에는 따뜻한 성질의 음식을 먹어야 하며 간장처럼 차가운 성질을 좋아하는 장기가 약해져서 병 증상을 나타낼 때에는 차가운 성질의 음식을 섭취하는 것이 몸에 이롭다는 원리입니다.

따라서 어느 하나의 장기에 국한되어 심각한 문제가 발생했을 때는 체질의 변화가 고정되어 나타나기 때문에 체질의 구분이 쉬워지게 됩니다.

그렇지만 두 개 이상의 장기에서 병 증상이 나타나거나 여러 가지 이유로 상황이 바뀌게 되면 장기의 성질에 따라서 체질에 혼란이 오게 되고 복합적인 형태로 바뀌어서 체질을 구분하기가 어렵게 됩니다.

본래 음과 양의 두 가지로 구분되어야 마땅한 체질이 사상체질과 팔상체질 등 복합체질로 발전해서 여럿으로 나누어지는 것도 이처럼 찬 성질의 장기와 따뜻한 성질의 장기가 함께 섞여서 반응을 나타냈기 때문입니다.

환경이나 상황에 따라 체질이 바뀔 수 있는 조건을 살펴보면 다음과 같습니다.

환경에 의해 특정한 장기에 부담이 주어진 경우

인삼은 냉 체질에는 보약 중의 보약이라고 할 만큼 잘 맞는 식품이지만 스트레스를 받아서 심장이 두근거리거나 흥분되어 있을 때에는 체질에 상관없이 복용을 중단해야 합니다.

수박이나 참외는 성질이 차서 냉 체질에는 맞지 않는 식품이지만 더위에 심장이 열을 받았을 때에는 체질에 상관없이 누구에게나 보약이 됩니다.

질병에 의한 경우

고지혈증이나 중풍의 증상이 있는 경우 육류가 잘 맞는 냉 체질이라고 해도 육류의 섭취를 가급적 줄여서 동물성 콜레스테롤의 섭취를 줄여야 하는데 이 경우에 냉 체질만을 고집해서 육류를 지나치게 섭취하게 되면 병이 재발하거나 악화할 수 있습니다.

위장에 염증이 있을 경우

위염이나 역류성식도염과 같은 증상이 있을 때에는 체질에 상관없이 오미자와 토마토, 오렌지, 레몬, 사과와 같이 신맛이 나는 식품은 섭취하지 않는 것이 좋습니다.

이들의 신맛이 위장의 염증을 자극하여 고통을 주고 병을 악화시킬 수 있기 때문입니다.

복합체질의 경우

병 증상을 나타내는 장기가 찬 성질과 따뜻한 성질을 가진 장기와 함께 복합적인 반응을 할 경우에는 체질을 구분하는 일은 더욱 어려워지고 확률 또한 낮아져서 혼란을 겪게 됩니다.

이런 경우에는 본래 잘 맞았던 음식과 함께 잘 맞지 않았던 음식을 병 증상에 맞추어 적당히 섭취하는 것이 좋습니다.

편식으로 인한 경우

체질에 따른 식단을 준비할 때에 가장 염려가 되는 부분이 편식입니다.

냉 체질이라고 해서 육식을 즐기다 보면 비만이 되어 건강을 해칠 수도 있고 온 체질이라고 해서 해조류를 피하다 보면 역시 영양의 균형이 깨져서 다른 질병에 걸려 고생을 할 수도 있습니다.

체질을 연구하고 권장하는 사람들은 기본적으로 식품영양학이나 조리에 대한 지식을 갖추어야 하는데 자신의 분야에서는 대학교에서 학생을 가르치는 교수라고 할지라도 식품의 영양이나 특성에 대해서 아는 것이 부족하면 실수를 할 수밖에 없을 것이기 때문입니다.

체질을 연구하던 사회의 저명인사들 중에도 이와 같은 필자의 조언에 따라 자신의 주장을 뒤로 미루고 체질에는 맞지 않지만 영양학적인 면에서 필요한 음식을 취한 경우가 여러 번 있었습니다.

필자의 주장에 사심이 없을 뿐만 아니라 논리적으로 합당하다는 것을 인정했기 때문입니다.

체질을 구분하는 방법

　20년이 넘는 세월 동안 체질에 관해서 연구를 해 오면서도 체질을 구분하는 방법에는 확신을 갖기가 어려웠었는데, 근래에 와서야 확실한 결론을 내릴 수가 있었습니다.

　식품영양학에 바탕을 둔 식품의 섭취와 한방의 이론에 따른 냉 체질과 온 체질의 구분입니다.

　사람의 체질을 차가운 성질의 음식을 잘 받아들이는 냉 체질과 뜨거운 성질의 음식을 잘 받아들이는 온 체질로 나누고 체질에 맞게 자신에게 맞는 음식 위주로 식단을 짜서 식사하는 것입니다.

　물론 체질에 맞지 않는 음식이 먹고 싶을 때면 몸 상태에 따라서 양을 줄여서 먹고 절대로 과식은 하지 않습니다.

　체질을 구분하는 기준은 앞에서 밝힌 대로 "양껏 먹어도 소화가 잘되며 먹고 나면 기분이 좋고 기운이 나는 음식."입니다.

　평소에 경험을 토대로 자신에게 잘 맞았던 음식과 잘 맞지 않았다고 생각되는 음식들을 아래에서 열거하는 식품의 내용과 비교해보면 어렵지 않게 자신의 체질을 가려낼 수 있을 것으로 생각합니다.

모든 것이 일치하는 경우는 드물고 대개는 3분의 2 정도가 맞게 되는데 지속적인 관심을 두고 비교를 하다 보면 기본적으로 자신이 어느 체질에 속하는가를 가려낼 수 있게 됩니다.

체질에 따른 음식의 선택

냉 체질에 잘 맞는 식품

냉 체질을 가진 사람들은 인체 내부의 성질이 차가운 사람들이므로 뜨거운 성질을 가진 식품을 많이 섭취하는 것이 몸에 도움이 됩니다.

육류와 생선류
소고기, 닭고기, 오리고기, 양고기, 염소고기, 녹용, 우유, 계란 명태, 대구 등 흰색의 살을 가진 생선,

곡식류
쌀, 현미, 차조, 메조, 국산 밀가루, 감자, 고구마, 검은 색을 제외한 흰콩과 각종 콩류, 강낭콩, 옥수수 등.

채소류
양배추, 무우, 푸른색 상추, 시금치, 쑥갓, 파, 양파, 파슬리, 취나

물, 냉이, 미역, 연근, 우엉, 더덕, 도라지, 김, 다시마, 고추, 마늘, 생강, 후추, 카레, 가지, 당근, 호박, 인삼 등.

과일 및 견과류
꿀, 사과, 오렌지, 귤, 밤, 대추, 복숭아, 토마토, 잣, 호두, 호박씨, 은행 등 비타민 C를 많이 함유한 과일 종류.

냉 체질에 안 맞는 식품

냉 체질을 가진 사람들은 인체 내부의 성질이 차가운 사람들이므로 아래의 음식물은 몸 상태에 맞추어 적은 양만 섭취하도록 합니다.

육류
육류는 지방질을 제거한 후에 섭취해야 합니다.

생선류
각종 조개류와 게, 새우, 굴, 오징어, 낙지, 꽁치, 고등어, 참치, 갈치, 청어 등이며 붉은색을 띤 생선들 대부분이 잘 맞지 않습니다.

이들 붉은 생선은 잘못 섭취하였을 때 소화가 어렵고 고등어는 히스타민 성분이 두드러기를 일으킬 수 있기 때문에 더욱 주의해야 합니다.

곡식과 채소류

밀가루, 메밀, 보리쌀, 팥, 오이, 검정콩, 검은깨, 녹두, 들깨. 배추, 고사리, 미나리, 유색 상추, 깻잎, 치커리, 셀러리 등 외국 야채.

과일 및 견과류

참외, 메론, 수박, 딸기, 감, 곶감, 포도, 모과 등.

온 체질에 잘 맞는 식품

온 체질을 가진 사람들은 인체 내부의 성질이 뜨거운 사람들이므로 반대로 차가운 성질을 가진 식품을 많이 섭취하는 것이 몸에 도움이 됩니다.

육류

온 체질은 기본적으로 육류가 잘 맞지 않는 체질이므로 육류는 몸 상태에 따라 양을 줄여서 섭취하도록 합니다.

생선과 곡식류

각종 조개류와 게, 새우, 굴, 오징어, 낙지, 꽁치, 고등어, 참치, 갈치, 청어 등 붉은색을 띤 생선들 대부분. 메밀, 메조, 보리쌀, 팥, 검정콩, 강낭콩, 검은깨, 들깨, 녹두 등.

채소류

배추, 양배추, 케일, 각종 푸른색 야채, 가지, 오이, 취나물, 냉이, 시금치, 고사리, 미나리, 유색 상추, 깻잎, 치커리, 셀러리 등 외국 야채.

과일 및 견과류

참외, 메론, 수박, 살구, 복숭아, 파인애플, 감, 곶감, 딸기, 포도, 모과 등.

온 체질에 안 맞는 식품

온 체질을 가진 사람들은 아래의 음식들이 잘 맞지 않으니 몸 상태에 맞추어 적은 양만 섭취하도록 합니다.

육류

육류의 경우에는 맞는 것이 거의 없을 정도로 안 맞는 음식이지만 가능한 지방질을 제거한 후에 몸 상태에 맞추어 적은 양만 섭취하도록 합니다.

생선류

생선은 온 체질을 가진 사람에게는 보약과 같은 식품이므로 자주 섭취해서 기력을 높이도록 합니다.

곡식, 채소, 과일 및 견과류

밀가루, 현미, 찹쌀, 참깨, 차조, 미역, 다시마, 당근, 무.
인삼, 꿀, 사과, 잣, 등.

음식을 잘 먹는 방법

60년대 초의 일입니다. 시골에서 살던 영민이가 서울에 있는 고등학교에서 공부를 하기 위해 하숙집을 찾았습니다.

"어서 오너라. 집 찾는다고 고생은 안 했니?"

하숙집 아주머니가 반갑게 영민이를 맞아줍니다.

"네, 잘 찾아왔습니더."

"그래. 여기가 네가 묵을 방이다. 짐 내려놓고 씻고 들어와서 저녁 먹어라."

아주머니의 안내에 받아 방으로 들어온 영민은 가져온 짐을 내려놓은 후에 잠시 방안을 둘러봅니다.

"드디어 이제부터 서울생활이 시작되는구나!"

버스를 타고 오느라 피곤하기는 했지만, 영민은 기대에 부풀어 대충 손을 씻은 후에 저녁을 먹으러 갑니다.

"서울 음식은 맛이 어떨까? 하숙집 음식은 별로라던데."

어린 녀석이 주워들은 것은 있어서 쓸데없는 걱정을 하며 주인집 거실로 향합니다.

거실 안에는 먼저 온 학생들이 큰 식탁을 앞에 놓고 밥이 나오기를 기다리고 있습니다.

"이리 앉아라. 여기는 같이 생활할 형들이다."

아주머니가 먼저 온 하숙생들에게 영민이를 소개합니다.

영민이보다 모두 두어 살씩은 많아 보입니다.

"저, 김천에서 온 영민이라고 합니더. "

"그래, 반갑다. 나는 정수다."

"나는 영환이고, 그런데 너 먼 데서 왔다?"

정수 옆에 앉아 책을 보고 있던 학생이 영민이에게 호감을 보입니다.

"김천을 아십니꺼?"

"응, 김천에 외가가 있다."

"아, 네."

그렇게 말을 주고받는 사이 밥상이 나오고 밥과 반찬이 식탁위에 차려집니다.

"많이들 먹어라."

아주머니가 안으로 들어가고 모두 상에 앉아 식사를 시작합니다. 그런데 수저를 든 영민이의 얼굴에 당혹감이 스쳐 갑니다.

밥그릇에 담긴 밥의 양이 너무 적기 때문입니다.

'이걸 먹고 우째 살라꼬?'

항의라도 하듯이 옆에 있는 형들을 바라보지만, 그들은 아무 일도 없다는 듯 반찬을 향해 부지런히 젓가락을 움직이고 있습니다.

괜히 머뭇거리다가는 반찬 없이 맨밥을 먹게 될 것 같아서 영민이도 서둘러 밥을 먹기 시작합니다. 몇 숟가락 뜨지도 않았는데 금방 밥그릇이 비워집니다.

밥을 더 청해서 먹고 싶지만 먹을 것이 넉넉지 않던 시절이라 아쉬운 마음을 뒤로하고 방으로 돌아와 생각에 잠깁니다.

'설마 매일 이렇게 주는 것은 아니겠지?'

영민이는 다른 아이들보다 덩치가 큰데다가 한창 식욕이 왕성한 때라 조금 전에 먹은 양의 세 배는 먹어야 배가 찹니다.

'딱 한 그릇만 더 묵었으면 좋겠네.'

밖에 나가서 무엇이라도 사서 먹어야 할 것 같지만, 돈이 귀한 시골에서 온 영민은 용돈이 넉넉하지 않아서 참아내는 수밖에 다른 도리가 없습니다.

그렇게 첫날이 지나고 다음 날 영민은 다시 밥상 앞에 앉아 울상이 됩니다. 밥의 양이 여전히 부족하기 때문입니다.

다음 날도 또 그 다음 날도 밥의 양은 달라지지 않습니다. 며칠을 그렇게 배를 곯다 보니 공부고 뭐고 머리는 온통 먹을 것 생각으로 가득 채워집니다.

생각다 못한 영민이 옆방의 정수를 찾아가 의견을 묻습니다.

"형은 그것 묵고 배 안 고파에?"

정수가 영민을 안쓰러운 듯 바라봅니다.

"너 양이 안 차는구나? 그래도 할 수 없다. 나도 처음에는 그랬는데 얼마쯤 지나니까 견딜 만해지더라."

하숙집 아주머니는 하숙비를 올려주기 전에는 자기도 어쩔 수 없다고 한답니다.

자신의 방으로 돌아온 영민이 방바닥에 벌렁 누워 천정을 바라봅니다.

'며칠 지나 뿌리면 정말 배고픈 것이 나지겄나?'

다시 일주일이 속절없이 흘러갑니다. 그러나 기대와는 달리 배고픔은 여전하고 영민은 허기진 배를 움켜잡고 고민을 합니다.

'공부고 뭐고 다 때려치우고 그냥 집으로 가뿌릴까?'

그러나 어린 마음에도 아끼던 소까지 팔아서 학비를 대주신 부모님의 기대를 저버릴 수 없다는 생각을 합니다.

이러지도 저러지도 못하고 영민은 심각한 고민에 빠져듭니다.

'이러다가는 내가 여기서 죽겠구나!'

위기감 때문에 하늘이 다 노래 보일 지경입니다. 눈을 감고 고향에서 뛰놀던 때가 그립습니다.

그렇게 고향 생각을 하며 향수에 젖어 있던 영민이, 갑자기 방바닥을 박차고 일어나며 외칩니다.

'그래. 바로 그 기다.'

그날 저녁, 하숙집 아주머니로부터 밥이든 쟁반을 받아든 영민은 자신의 방으로 와서 혼자 식사를 합니다.

오늘부터 밥을 따로 먹기로 결심했기 때문입니다.

다시 일주일이 지나고 나자 영민이의 얼굴이 환히 밝아져 있습니다. 허기에 찌들어 비실거리던 모습은 사라지고 활기찬 예전의 모습으로 돌아온 것입니다.

이후 영민이의 생활은 크게 달라져서 친구들하고도 잘 어울리고 공부도 열심히 하면서 서울 생활에 잘 적응하고 있습니다.

도대체 일주일 사이에 무슨 일이 일어난 것일까요?

하숙집 아주머니가 영민이에게 따로 인심이라도 쓴 것일까요? 사연이 궁금해집니다.

소식해야 건강해진다

'이러다가는 내가 여기서 죽겠구나!'

하는 위기감까지 가졌던 영민이가 생각해 낸 아이디어는 음식을 오래 씹는 것입니다.

같은 양의 음식이라도 입안에서 많이 씹어서 넘기게 되면 대뇌는 음식을 많이 섭취한 것으로 판단해서 식욕을 억제하기 때문에 평소보다 적은 양을 먹어도 허기가 사라지게 됩니다.

그 밖에도 음식을 많이 씹어서 삼키게 되면 소화가 잘되고 영양의 흡수가 잘 되어서 신진대사에 도움을 주는 효과를 거둘 수 있습니다.

이야기 속에 나오는 영민이는 실재의 인물로 큰 기업체에서 회장직을 맡는 분입니다. 그분은 성인이 된 후에도 그와 같은 습관을 이어왔고 80이 넘은 나이에도 젊은 사람 못지않은 건강을 지켜오고 있었습니다.

영민이의 이야기는 그분이 방송에 나와서 하는 말을 들은 필자가 감명을 받은 나머지 이야기를 새로 구성해서 만든 것입니다.

"음식을 오래 씹어야 한다."는 말은 초등학교 때부터 들어오던 얘기이고 옳다는 생각을 하고 있었지만, 마음에 와 닿지를 않아서 실행하기가 어려웠습니다. 그런데 방송을 통해서 그 어른의 말씀을 듣고

부터는 반드시 해야 하는 식습관으로 발전하게 되었습니다.

말에도 생명력이 있는 말과 그렇지 않은 말이 있어서 경험에서 우러나온 진실 된 말은 사람의 마음을 움직이는 힘이 있는 것 같습니다.

앞서 체질과 관련한 내용을 살펴보았지만, 모두가 명심해야 할 것은 아무리 체질에 잘 맞는 음식이라고 해도 급하게 먹거나 과식을 하면 안 된다는 것입니다.

또한, 체질에 맞지 않는 식품일지라도 영민이처럼 적은 양을 오랫동안 잘 씹어서 삼키게 되면 소화가 잘 되어서 문제가 사라지게 됩니다.

식사를 준비할 때에는 식품이 가지고 있는 성질에 대해서 잘 알고 있어야 건강한 식생활을 유지할 수 있는데 예를 들어서 쌀로 지은 밥은 모든 체질에 잘 맞는 것으로 알려져 있지만, 반드시 그런 것은 아닙니다.

"찬밥을 먹으면 체한다."는 말이 있는데 그 말이 과연 사실일까요? 아니면 찬밥을 먹기 싫어서 공연한 말을 한 것일까요?

식품공학이 이와 같은 질문에 해답을 제공합니다.

밥과 같은 전분 성분의 음식들은 분자구조가 단단하다는 특징을 갖고 있습니다. 이와 같은 구조는 따뜻할 때에는 결합이 느슨해져서 소화가 잘 되지만 차가워지면 다시 단단해져서 소화를 시키기가 어려워진다고 합니다.

따라서 밥의 영양을 흡수하고 위장병을 예방하기 위해서는 찬밥이나 고구마처럼 전분이 많은 음식을 먹을 때에는 따뜻하게 데워서 먹어야 합니다.

음식에도 자연의 이치가 담겨줄 때도 있어서 함께 섭취했을 때 건강에 도움이 되는 음식이 있는가 하면 오히려 서로 나쁘게 작용하여 손실을 줄 때도 있습니다.

우리는 그와 같은 상생과 상극의 작용을 음식의 궁합이라고 표현하는데 그와 같은 작용을 하는 음식에는 어떤 것들이 있는지 살펴보기로 하겠습니다.

음식의 궁합

요양병원에 있을 때의 일입니다. 환자 한 분이 외출을 나갔다가 돌아왔는데 몸 상태가 많이 안 좋아 보여서 물었더니 "토마토 한쪽밖에 먹은 것이 없는데 속이 뒤틀리고 괴로워서 견딜 수가 없다."고 합니다.

작은 양이지만 낮에 먹은 토마토가 말썽을 일으킨 것입니다.

환자는 자신의 고통이 어디서 비롯되었는지 원인조차 모르고 있었는데 이와 같은 일은 위장병을 앓아보지 않은 사람들에게는 이해하기 어려운 일입니다.

토마토는 냉 체질에 잘 맞는 채소로 알려져 있지만, 위장에 염증이 있을 때에는 상처에 자극을 주어서 예상치 못한 결과를 가져올 수도 있으므로 주의를 하여야 합니다.

토마토와 당근은 날로 먹는 것보다 기름을 넣고 볶거나 삶아서 먹는 것이 지용성 비타민의 흡수율을 놓인다고 하는데 기름이 섞이게 되면 위장의 자극이 약해져서 통증을 막는 데에도 도움이 될 것으로 생각합니다.

비타민 C는 인체의 면역력을 높여서 감기와 괴혈병을 예방하고 염증을 억제하는 효과가 있으며 레몬이나 오렌지 같은 과일에 많이 들어 있다고 알려졌습니다.

그렇지만 식도역류증이 있거나 위장이 약한 사람은 조심해서 섭취해야 하는데 이들의 신맛이 위 점막을 자극해서 고통을 줄 수 있기 때문입니다.

비타민 C 와 관련해서는 오이와 당근을 기억해야 합니다.

과일과 오이 혹은 당근을 함께 섭취하게 되면 과일 속에 비타민 C가 오이나 당근 속에 들어 있는 성분에 의해 모두 파괴되어 사라지기 때문입니다.

따라서 때문에 비타민 C가 많이 들어 있는 음식을 먹을 때에는 오이나 당근을 피해야 합니다.

오이나 당근 이외에도 비타민 C는 열에 대해서 취약한 성질을 갖고 있기 때문에 조리할 때에 지나치게 열을 가하거나 물에 오래 삶으면 비타민 C가 파괴되어 없어지게 되므로 주의해야 합니다.

미국의 의료인들은 알래스카에 사는 에스키모를 조사하는 과정에서 놀라운 발견을 하게 됩니다.

그들의 주식은 생선과 사슴 등 육류가 대부분이고 채소는 거의 없었지만, 동물성 지방을 많이 섭취할 때 발생할 수 있는 고혈압이나 중풍 같은 심혈관 질환의 발병률이 낮게 나타난 것입니다.

이유를 분석해 보았더니 에스키모가 섭취하는 생선에서 '오메가 3'라는 영양소가 발견되었는데 '오메가 3' 는 세포의 노화를 막아주고 염증을 치료하며 혈관을 흐름을 도와주어서 심장질환을 예방하는 중요한 영양소라는 것을 알아내게 됩니다.

오메가 3 는 생선의 기름과 카놀라유 등에 많이 들어 있는데 에스키모가 심혈관질환에서 안전할 수 있었던 이유는, 이처럼 생선의 기름 속에 들어 있었던 오메가 3를 많이 섭취했기 때문입니다.

식용유는 달걀 프라이를 하거나 전을 부칠 때 그리고 튀김 요리를 할 때 없어서는 안 되는 재료입니다. 그런데 문제는 일반 가정에서 사용하고 있는 기름은 대부분 콩기름과 옥수수로 만든 기름이라는 점입니다.

옥수수의 기름의 경우 '오메가 3'와 '오메가 6'가 함께 들어 있는데 이들의 비율이 1 : 66으로 오메가 6의 비율이 지나치게 높아서 우려를 낳고 있습니다.

한국영양학회에서 밝힌 이들의 적정 비율이 1 : 4인 점을 감안하면 지나치게 편향된 구조를 가진 셈입니다.

'오메가 6' 역시 우리 몸에 없어서는 안 되는 중요한 영양소이지만 지나치게 많아지게 되면 염증을 일으키게 되며 암이나 자기면역질환, 심장병, 만성질환 등의 질병이 생긴다고 합니다.

따라서 건강을 위해서는 옥수수나 콩기름 대신에 오메가 3 가 많이 들어 있는 카놀라유나 올리브유 등의 식용유로 대체하는 것이 바람직합니다.

자료를 보면 카놀라유의 경우 오메가 3과 오메가 6의 비율이 1 : 2이며 올리브유는 1 : 13입니다. 그러므로 카놀라유나 올리브유를 쓰게 되면 이들의 비율을 개선해서 균형을 맞출 수가 있게 됩니다.

질병의 예방을 위해서는 식용유의 선택 못지않게 중요한 것이 보관입니다. 기름이 든 병을 햇빛에 노출하게 되면 심혈관질환을 일으키는 트랜스지방이 만들어지기 쉽고 뚜껑을 열어놓게 되면 산소와 결합해서 산패를 일으키게 됩니다.

산패는 기름이 부패한 것을 말하는데 산패가 일어난 식용유를 먹게 되면 독성의 물질을 섭취하는 것과 같아서 건강에 큰 문제를 일으키게 되므로 특히 주의해야 합니다.

전문가들은 땅콩이나 호두와 같이 지방질을 많이 함유한 식품들 역시 산패가 일어날 수 있으므로 보관에 신경을 써야 한다고 합니다.

땅콩이나 호두가 공기에 노출되게 되면 검은 곰팡이가 피면서 아플라톡신이라는 성분이 만들어지게 되는데 아플라톡신은 간암을 유발하는 물질로 알려졌으므로 특히 유의해야 합니다.

유목생활을 하는 몽고인들 역시 육류를 많이 섭취하고 있지만, 심혈관질환의 발병률은 상대적으로 적다고 하는데 그 이유는 이들의 식습관 때문입니다.

유목인들은 고기를 요리해서 먹을 때 물에 푹 삶은 뒤 국물은 버리고 고기만을 건져서 먹는 것을 볼 수 있습니다. 육수에 녹아 있는 기름기를 제거하기 위해서입니다.

찌개나 설렁탕 같은 음식을 통해서도 알 수 있듯이 한국인들이 즐겨 먹는 음식에는 국물이 많은 것을 알 수 있는데 그런 점에서 몽고인들의 식습관을 따라서 하기에는 무리가 있다고 할 수 있습니다.

그렇지만 육류를 요리할 때 가급적 기름을 미리 제거한 다음 요리를 하거나 기름을 잘 걷어내고 먹는다면 몸에 나쁜 콜레스테롤의 섭취를 줄일 수가 있습니다.

육류를 섭취할 때에는 상추나 고추, 쑥갓 등의 야채와 함께 싸서 먹으면 몸의 불균형도 막고 음식의 양을 줄여서 비만을 예방하는 효과가 있다고 합니다.

특히 마늘은 항균효과가 있어서 생선회나 육류를 먹을 때 함께 섭취하게 되면 식중독을 예방하는 효과가 있습니다.

식용유나 육류의 가장 큰 문제는 높은 칼로리입니다.

식품의 열량은 칼로리라는 단위를 사용하는데 1g당 단백질과 탄수화물은 4칼로리의 열량을 갖고 있습니다.

이에 반해 지방질은 무려 9칼로리로 당질과 단백질보다 두 배 이상의 열량을 갖고 있어서 비만이나 당뇨병을 앓고 있는 사람들은 이와 같은 점을 고려해서 섭취해야 합니다.

특히 비만은 당뇨와 고혈압 등 각종 성인병의 주범이기 때문에 비만을 예방하고 성인병의 공포에서 벗어나기 위해서는 열량이 많은 음식의 섭취를 자제해야 합니다.

암 환자를 수용하고 있는 요양원이나 요양병원의 식단을 살펴보면 육류는 거의 포함되어 있지 않고 현미밥과 청국장, 된장, 야채 위주로 구성된 것을 발견할 수 있습니다.

육류의 단백질이 암을 유발한다고 알려진 까닭입니다.

전문가의 조언을 따르면 교과서에 실려 있는 것은 아니지만 동물성 단백질이 암을 진행시킨다는 연구결과가 많이 보고되고 있다고 하는데 그냥 흘려들을 말은 아닌 것 같습니다.

육류나 생선이 탈 때에 발암물질이 생성된다는 것은 오래전부터 있는 주장으로 최근에는 육류뿐 아니라 곡식으로 된 음식이 탈 때에도 발암물질이 생성된다는 주장이 나오고 있습니다.

따라서 육류를 조리할 때에는 석쇠로 굽는 방식보다는 프라이팬을 사용하는 것이 좋으며 음식을 조리할 때에도 가급적 태우지 않는 것이 암을 예방하는 데 도움이 됩니다.

이래저래 평판이 좋지 않은 것이 육류입니다. 하지만 그렇다고 해서 환자가 아닌 일반인이 육류를 멀리할 수는 없는 일입니다.

왜냐하면, 육류는 자라나는 어린이나 청소년들에게 있어서 없어서는 안 될 중요한 단백질 공급원이기 때문입니다.

이렇듯 식품의 특성이나 성질을 알게 되면 무지에 의해서 건강을 잃는 일은 일어나지 않으리라고 생각합니다.

각종 음식이 넘쳐나는 요즘 체질에 맞는 음식을 찾아서 보신하는 것도 좋은 일이지만 몸에 나쁜 음식을 피해서 섭취하는 일은 더욱 중요해 보입니다.

궁합이 잘 맞는 음식들의 모임

복어와 미나리

복어탕은 담백한 맛이 일품으로 간장에 좋은 단백질을 많이 함유하고 있기 때문에 술꾼들에게 해장국으로 인기를 끌고 있는 음식입니다.

미나리는 피를 맑게 하고 복어의 독을 풀어준다고 해서 복어탕에는 빠지지 않고 들어가게 되는데 미나리에는 각종 비타민과 칼륨 그리고

칼슘이 풍부해서 복어의 부족한 부분을 채워주고 균형 잡힌 음식이
되게 합니다.

된장과 부추

된장은 대표적인 건강식품이지만 나트륨의 함량이 높은 것이 흠입
니다. 찌개를 끓일 때 부추를 함께 넣게 되면 부추에 들어 있는 비타
민과 칼륨의 성분이 나트륨을 희석해서 건강한 음식으로 만들어 주게
됩니다.

고구마와 동치미

고구마는 탄수화물과 섬유질이 많아서 대장에 좋은 영향을 주는 식
품이지만 반면에 소화가 잘 안 되는 음식이라서 장에 가스가 차는 현
상이 나타날 수 있습니다.

고구마를 동치미와 함께 먹게 되면 동치미의 주성분인 무에 들어
있는 소화효소와 발효과정에서 만들어진 유산균이 그와 같은 문제를
해결해주게 됩니다.

돼지고기와 새우젓

돼지고기는 단백질과 더불어 많은 지방질을 함유하고 있는데 돼지
고기를 새우젓과 함께 먹게 되면 새우젓 안에 들어 있는 각종 성분이
단백질과 지방을 분해해서 소화를 돕고 탈이 나는 것을 예방해 주게
됩니다.

표고버섯 또한 돼지고기의 냄새를 없애주고 콜로스테롤을 낮추어

주기 때문에 궁합이 잘 맞는 음식입니다.

소고기와 들깻잎

들깻잎은 소고기의 지방질 속에 들어 있는 콜레스테롤을 낮추어주고 칼슘과 비타민을 보충해 주기 때문에 소고기와는 좋은 궁합을 보이는 음식입니다.

육류와 파인애플

파인애플과 키위는 오래전부터 질긴 고기를 부드럽게 하는 연육제로 쓰여 왔는데 파인애플의 즙이 단백질을 소화해서 고기를 연하게 하고 소화를 잘되게 해줍니다.

당근, 토마토와 기름

토마토의 라이코펜과 당근에 많이 들어 있는 비타민 A는 지용성이라서 몸에 잘 흡수가 되지 않는데 기름을 넣어서 볶거나 조리를 하게 되면 흡수에 도움을 준다고 합니다.

생선회와 생강, 마늘

일본에 가서 초밥이나 생선회를 주문하게 되면 반드시 생강 절임이 함께 따라나오는 것을 볼 수 있습니다. 마늘과 생강에는 살균작용과 단백질을 분해하는 효소가 들어 있어서 소화를 도우며 생강의 향미는 생선의 비린내를 잡아주는 기능이 있습니다.

굴과 레몬

굴은 단백질과 철분이 풍부해서 빈혈에 좋은 식품입니다. 굴을 먹을 때 레몬을 곁들이게 되면 레몬에 들어 있는 아스코르빈산이 철분의 장내흡수를 도와서 빈혈을 치유하게 됩니다.

두부와 미역

두부는 간장에 좋은 식품이지만 두부 속에 들어 있는 성분이 갑상선 호르몬인 요오드를 체내로 배출하는 성질을 갖고 있습니다.

따라서 두부를 많이 섭취하게 되면 요오드가 부족해질 수 있으므로 가끔 미역과 다시마 등의 해조류를 섭취해서 균형을 잡아주어야 합니다.

조개와 쑥갓

조개와 궁합이 잘 맞는 음식은 쑥갓입니다. 조개탕을 먹을 때에는 그 위에 쑥갓을 얹어 먹는 것이 일반적인데 조개에는 비타민 A와 비타민 C 그리고 엽록소가 풍부하게 들어 있어서 조개에 들어 있는 콜레스테롤을 낮추어주고 적혈구 형성에 도움을 주게 됩니다.

궁합이 안 맞는 음식들의 모임

게와 감

게는 단백질의 함량이 높은 생선이지만 부패의 속도가 빨라서 세균의 번식이 왕성하다고 합니다. 그런데 감의 타닌 성분이 세균의 활성을 도와서 식중독을 일으킬 수도 있기 때문에 같이 섭취하는 것은 좋지 않습니다.

조개와 옥수수

조개 역시 부패가 빨리 이루어지는 해산물이며 소화가 잘되지 않는 옥수수와 함께 먹게 되면 배탈이 날 수 있기 때문에 같이 섭취하는 것은 좋지 않습니다.

미역과 파

미역에는 요오드와 칼슘, 알긴산이 풍부하게 들어 있는데 파를 함께 넣어서 조리하게 되면 끈적거리는 현상이 발생하고 알긴산의 흡수를 방해하기 때문에 좋지 않다고 합니다.

치즈와 콩

치즈 100g에는 600mg의 칼슘이 들어 있지만 콩과 함께 섭취하게 되면 콩에 들어 있는 인산과 결합해서 인산칼슘이 되어 체외로 빠져나가게 됩니다. 그러므로 함께 섭취하는 것은 좋지 않습니다.

토마토를 먹을 때에는 설탕 대신에 소금을 조금 넣어서 섭취하는 것이 좋은데 설탕이 비타민 B1의 흡수를 방해하기 때문입니다.

항암식품 살펴보기

우유에 들어 있는 칼슘은 위 점막을 보호하는 기능이 있어서 위염이나 위궤양에 좋으며 암세포의 증식을 억제하고 위암과 간암을 예방합니다.

인체의 면역력이 떨어져서 NK세포의 활동이 약해지게 되면 선천성 혹은 후천성 면역부전 증상이 나타나고 각종 자가면역질환을 비롯한 암이 발생하게 된다고 합니다.

초유에 많이 들어 있는 NK 세포는 암을 공격해서 죽이는 암 킬러로 알려졌는데 NK 세포의 활성도를 측정하게 되면 암세포가 얼마나 사라졌는가를 짐작할 수 있다고 합니다.

연어와 고등어의 기름에는 오메가 3를 비롯하여 DHA와 EPA 성분이 많이 들어 있어서 암을 예방하고 암의 전이를 막아주는데 특히 DHA는 폐암, 간암, 유방암, 췌장암, 전립선암, 자궁경부암 등에 좋은 성분으로 알려졌습니다.

순무에 들어 있는 유황화합물이 식도와 폐, 간장, 대장의 암을 예방합니다.

당근 암을 예방하고 변비를 막아주는 기능이 있습니다.

고추에 들어 있는 캡사이신 이라는 성분이 발암물질의 활성화를 억제한다고 합니다.

감초의 단맛을 내는 성분이 암을 예방합니다.

시금치 위암과 대장암 예방에 효과가 있습니다.

율무도 항암식품입니다.

토마토의 붉은색을 형성하고 있는 라이코펜이라는 성분이 전립선암을 비롯한 각종 암을 예방합니다. 또한, 혈압을 낮추고 당뇨병과 동맥경화증을 예방하는 효과가 있습니다.

고추에 들어 있는 캡사이신 이라는 성분이 발암물질의 활성화를 억제한다고 합니다.

배추의 식이섬유가 대장에 작용하여 발암물질의 흡착을 막아주는 것으로 알려졌습니다.

마늘의 매운맛을 내는 알리신과 알리인 등의 성분들은 항균효과를 갖고 있어서 식중독을 예방하며 혈중 콜레스테롤을 낮춰주고 심혈관 질환을 막아줍니다.

또한, 나쁜 콜레스테롤인 LDL은 줄여주고 좋은 콜레스테롤인 HDL은 높여주는 작용을 해서 스테미너에 도움을 주는 건강식품입니다.

특히 혈액을 응집시키는 혈소판을 정화해 피를 맑게 하는 효과가 있는 것으로 알려졌습니다.

강력한 살균효과가 있기 때문에 생선회나 육회 등을 먹을 때 함께 섭취하면 좋습니다.

인삼에 들어 있는 사포닌이 암세포의 증식을 막아주고 암을 예방합니다.

녹차에 들어 있는 플리포놀 성분이 암세포와 결합하여 암의 활성을 억제하는 항암효과가 있습니다. 또한, 위장점막을 보호하고 혈관을 확장시켜서 협심증을 비롯한 심혈관질환을 예방합니다.

호두와 잣, 땅콩 등의 견과류에는 리놀렌산과 같은 불포화지방산이 많이 들어 있어서 몸에 나쁜 콜레스테롤인 LDL의 수치를 낮추어 주는 효과가 있습니다.

또한, 엘라직산과 비타민 E가 풍부해서 암을 예방하고 암의 진행을 억제합니다.

블루베리, 보라색을 내는 안토시아닌계의 색소가 혈관에 작용하여 동맥경화와 심장병을 예방합니다.

또한, 산화방지 효과가 있어서 암을 예방하고 노화를 늦춘다고 하며 비타민 A 성분이 있어 눈 건강에도 좋습니다.

블루베리를 대체할 수 있는 식품은 가지입니다.

녹차의 카테킨이라는 성분이 암세포의 증식을 억제하는 효과가 있습니다.

버섯류 상황버섯, 차가버섯 등 많은 종류의 버섯들이 항암효과가 있다고 알려졌습니다.

보리와 귀리는 칼륨을 풍부하게 함유하고 있어서 고혈압과 심장병에 좋으며 수용성 식이섬유인 베타카로틴은 몸에 나쁜 콜레스테롤을 낮추어 주고 포만감을 갖게 해서 비만을 예방합니다.

브로콜리와 양배추에는 슬포라판, 인돌 등의 성분이 위암과 유방암, 대장암 등의 발생을 억제하는 것으로 알려졌습니다. 또한, 헬리코박터균을 죽이는 항균효과가 있어서 위궤양에도 좋은 채소입니다.

셀러리에 들어 있는 글리신과 매치오닌 이라는 아미노산이 지방간을 예방하고 간암 치유에 효과를 보이는 것으로 알려졌습니다.

암 환자의 식단

다음에 소개하는 식단은 일반 요양원과 요양병원의 식단을 참고 해서 전문가의 조언을 받아 작성된 식단입니다. 제시한 음식 중에서 밥 종류는 한 가지를 선택하고 반찬은 다섯 가지 정도를 바꾸어 가며 섭취하면 됩니다.

일반인도 육류와 생선을 추가하면 훌륭한 건강 식단이 완성되는데 계절에 따라 다양한 야채와 과일을 함께 곁들이는 것도 좋은 방법이 될 것입니다.

요양원이나 요양병원의 식단에는 육류가 거의 들어 있지 않은 것을 볼 수 있었는데 동물성 단백질이 암을 악화시킨다고 생각하기 때문입니다.

생선도 명태와 조기가 전부였으며 꽁치나 고등어와 같은 등이 푸른 생선은 찾을 수가 없었는데 이들 생선이 열량이 많고 소화력이 떨어지기 때문으로 생각됩니다.

평소 육류를 많이 섭취한 사람은 몸의 균형을 맞추는 방법으로 채식하는 것이 좋겠지만 그렇지 않은 사람에게까지 채식을 요구하는 것은 매우 어려운 일입니다.

강요한다고 해서 지켜지지도 않겠지만, 반드시 그럴 필요도 없는 것이 북어찜이나 닭 가슴살 등의 식품은 소화도 잘 되고 열량이 낮기 때문에 며칠에 한 번 정도는 섭취해도 무리가 없기 때문입니다.

따라서 며칠에 한 번씩은 북어찜이나 닭 가슴살 등의 음식으로 육류에 대한 욕구를 해소 하도록 합니다.

암의 원인 중 절반은 잘못된 식습관에 의한 것이므로 균형 잡힌 식단을 구성하는 일은 매우 중요한 일입니다. 그러나 그보다 중요한 것은 적게 먹는 소식과 오래 씹는 습관이라는 점을 절대 잊어서는 안 됩니다.

아침식단

아침은 소화에 부담이 적은 음식으로 구성합니다.

현미밥 현미로 만든 전복죽, 우유죽, 땅콩죽, 잣죽, 단호박죽, 야채스프 등.
미역국 두부, 시금치 등을 넣은 된장국
반찬 달걀찜, 콩 조림, 김 등.

점심식단

점심은 오후의 활동을 위하여 하루의 식사 중 가장 큰 비중을 두고 구성합니다.

현미밥 흑미밥, 야채 주먹밥
진한 청국장찌개 콩나물국, 다시마를 넣은 무국, 시금치와 근대, 아욱 등의 묽은 된장국.
반찬 연근조림, 호박전, 자색고구마 전, 우엉조림, 단호박 조림, 느타리와 새송이 등의 버섯볶음, 꽈리고추 무침, 더덕 무침, 쇠비름 나물무침, 쑥갓나물 무침, 시금치, 당근 나물무침. 신선초 나물무침 등 각종 채소로 조리한 나물들.
야채 브로콜리, 상추와 케일 그리고 자색 양배추와 셀러리 등의 신선한 야채.
후식 사과, 파인애플, 메론, 수박 등의 과일 한쪽.

저녁식단

저녁은 낮과 비교하면 상대적으로 활동이 적기 때문에 반찬의 종류를 줄이지만 일주일에 두 번씩은 북어찜이나 닭 가슴살 등의 음식으로 구성합니다.

현미밥 흑미밥, 야채 비빔밥

진한 청국장찌개

반찬 북어찜, 두부조림, 연근조림, 닭 가슴살 야채볶음, 우엉조림, 느타리와 새송이 등의 버섯볶음, 꽈리고추 무침, 더덕 무침, 쇠비름나물 무침, 쑥갓나물 무침, 시금치, 당근나물 무침. 신선초나물 무침 등 각종 채소로 조리한 나물.

야채 브로콜리, 상추와 케일 그리고 자색 양배추와 셀러리 등의 신선한 야채.

후식 사과, 파인애플, 메론, 수박 등의 과일 한쪽.

식단의 구성

아침 식사

암환자들의 경우 상당수는 항암치료를 받는 상태에서 식이요법을 하고 있기 때문에 항암치료의 후유증으로 때문에 소화력이 약해져 있는 경우가 많습니다.

따라서 아침에는 견과류나 야채 등의 재료를 이용한 죽 종류의 식사를 준비하는 것이 좋으며 소화에 문제가 없을 때는 죽 대신에 가벼운 식사를 권하도록 합니다.

계속해서 죽 종류의 식사를 하게 되면 위장의 기능이 약해질 수 있기 때문입니다.

일반인의 경우에는 입맛이 없거나 시간이 부족할 때에 식사를 거르지 말고 우유에 시리얼을 넣어 먹으면 간편하게 아침 식사를 대신할 수 있습니다.

탄수화물은 뇌의 에너지로 쓰이기 때문에 아침을 먹지 않게 되면 뇌의 활동이 둔화하고 점심에 과식하게 되는 경우가 많으므로 아침은 반드시 챙겨 먹도록 합니다.

아침의 기준은 사람에 따라서 달라질 수 있습니다.

상점이 늦게까지 영업을 한다거나 사정상 늦게 자고 늦게 일어나는 사람들은 점심시간에 아침밥을 먹는 경우도 많은데 그런 경우에는 잠에서 일어나는 시간을 기준으로 아침 식사 시간을 정하면 됩니다.

점심 식사

아침에는 입맛이 없어서 다소 소홀한 식사를 하는 경우가 많습니다. 따라서 점심은 다소 부족했던 아침 식사의 허전함을 채우고 오후의 활발한 활동을 위하여 가장 큰 비중을 두고 구성합니다.

장수노인이 많은 일본은 매일 아침마다 된장국으로 식사하는 것을 볼 수 있습니다. 된장이나 청국장은 매일 먹어도 질리지 않는 음식 중의 하나인데 점심과 저녁에는 가능하면 현미밥을 준비하도록 하고 조금씩이라도 꾸준하게 항암효과가 있는 청국장찌개를 먹도록 합니다.

저녁 식사

낮과 비교하면 활동이 적은 저녁에는 비교적 부담이 적은 야채 비빔밥이나 야채볶음, 두부조림 등의 식사를 하도록 하고 반찬의 종류를 줄이는 대신에 며칠에 한 번씩은 북어찜이나 닭 가슴살 등의 음식으로 구성합니다.

후식

후식으로 먹게 되는 과일은 꼭 필요한 것이지만 당분의 함량이 높으므로 열량이 높은 것이 특징입니다.

따라서 과일은 양을 제한해서 한두 쪽만을 섭취하도록 합니다.

6장

생명의 전류

미세전류 치료법의 전설

　자료를 보면 1930년대에 미국의 의학자들이 미세전류를 이용한 치유법으로 여러 명의 암환자를 완치시켰다는 기록이 나옵니다.

　획기적인 사건입니다. 그러나 어떻게 된 일인지 지금은 그와 같은 기계들이 남아 있지 않은데 어떤 세력에 의하여 암 치료와 관련된 모든 자료가 폐기되어 사라졌기 때문이라고 합니다.

　확인된 것은 아니지만 아마도 기대치보다 성과가 부족하므로 나온 말이 아닌가 하는 생각을 하게 합니다.

　아무튼, 미세전류를 이용한 치료법은 꿈의 치료법으로 불렸지만 이후 한동안 소문만 무성한 채 세인의 관심권에서 멀어지게 되었습니다.

　그러다가 근래에 와서는 독일과 미국 등에서 미세전류치료기에 대한 연구가 활발하게 이루어지고 있으며 암에 대한 연구도 진전되어 가고 있습니다.

　이처럼 세계적으로 많은 사람이 암 치료에 매달리고 있는 이유는 치료가 쉽지 않고 가족과 이웃들이 암에 의하여 사망하고 있기 때문입니다.

암은 인체의 돌연변이 세포가 원인이고 혈액을 따라서 옮겨 다니기 때문에 장기와 기관은 물론이고 뼈와 살, 혈액에 이르기까지 인체의 모든 부위에서 발견됩니다.

다만, 심장만이 안전하다고 하지만 최근에는 심장조차도 안심할 수 없다는 주장이 나오고 있는데 이와 같은 상황에서 미세전류치료법에 관한 내용을 살펴보는 것은 매우 중요한 일이라고 생각합니다.

암 치료에 대한 단초를 찾아낼 수도 있기 때문입니다.

그러면 지금부터 전설로 내려져 오고 있는 미세전류치료법에 대한 연구 자료를 살펴보도록 하겠습니다.

정형외과 의사였던 로버트 벡커 박사는 전기와 생명현상에 관하여 많은 연구를 하고 논문을 발표한 사람입니다.

그의 논문을 살펴보면 1 mA라는 작은 전류를 이용하여 각종 질병은 물론 암을 치유할 수 있다고 하였는데 매우 흥미로운 연구 결과입니다.

또 '챙'이라는 사람은 1982년 임상정형 외과지에 발표한 논문에서 미세전류가 ATP 생산에 미치는 영향에 관하여 여러 가지 연구 결과들을 발표하였습니다.

그는 쥐의 피부에 전극을 찔러 넣고 미세전류를 흘려보낸 다음 쥐의 피부 안에서 일어나는 단백질 생산에 관한 결과를 살펴보았는데 마이크로 단위의 미세한 전류를 가하자 쥐의 피부 안에서는 세포의 에너지원으로 알려진 ATP의 생산이 500% 증가하고 아미노산 역시 70%가량 증가한다는 사실이 밝혀졌습니다.

자료에 의하면 미세전류를 인체에 흘려보내게 되면 DNA의 합성이 촉진되고 T 임파구의 활성이 높아진다고 하며 폐기물의 제거능력이 높아지고 이온의 교환이 활발해져서 영양분의 흡수가 쉬워지는 효과를 확인했다고 합니다.

배꼽링과 새로운 방식의 치유법은 미세전류치료법에 파동을 추가하여 질병을 치유하는 방법입니다. 따라서 자료에 나타난 미세전류의 효능은 앞으로의 행보에 큰 희망을 준다고 하겠습니다.

인체의 전류와 생명활동

　인체가 활동할 때에 필요한 두 가지 요소는 화학적 성분과 전기적 흐름입니다.

　여기서 말하는 화학적 성분이란 주로 음식물의 섭취로 이루어지는 영양분이나 약물을 의미하며 인체를 구성하고 움직이게 하는 중요한 에너지원입니다.

　음식물이 몸 안에 들어오게 되면 소화기관의 작용에 의하여 필요한 영양소는 인체에 흡수되고 나머지 불필요한 성분들은 밖으로 배설되게 됩니다.

　인체에 흡수된 영양소들은 여러 가지 기관으로 보내져서 각종 호르몬과 화학물질로 바뀌어 생리작용에 이용되는데 화학적 요소란 이 모든 것을 통 털은 의미라고 해석됩니다.

　전기적 흐름에 의한 작용은 이들을 조절하고 통제하는 기능으로 뇌와 신경계통의 모든 작용이 전류에 의해서 이루어지고 있습니다.

　인체는 전류를 발생시켜서 신체 신호의 정보로 이용하고 있는데 의학적 용어로는 전기생리라고 합니다.

세포 내에 마이너스 성질을 가진 염소가 들어가게 되면 플러스 성질을 가진 포테시움과 만나서 전기를 일으키게 됩니다. 이와 같은 전기현상은 세포 속의 화학작용을 유도하게 되고 산소와 영양분이 반응하여 연소하게 합니다.

이와 같은 연소의 과정을 거쳐서 열량을 만들어내고 노폐물을 태워서 인체의 활동을 돕는 것이 전기의 역할인데 전류는 주로 신경망을 따라 흐르고 있으며 인체의 구석구석을 누비고 다니면서 각종 정보를 수집하여 뇌에 전달하고 또 대뇌에서 내려진 명령을 수행하는 역할을 합니다.

자가치유력을 비롯한 인체의 면역기관 역시 화학적 물질만으로는 활동할 수 없고 전류에 의하여 그 기능을 수행하게 되는데 인체의 생리 시스템을 조절하고 통제하는 것이 전류의 역할이기 때문입니다.

심장의 우심방 부근에 있는 동방결절이라는 특수한 심근에서는 1분에 60회에서 100회가량의 전기신호를 발생시켜서 심장이 운동하게 합니다.

여러 가지 이유로 이 전류 시스템에 문제가 발생하게 되면 심장박동에 변화가 일어나게 되는데 심장이 지나치게 많이 뛰는 현상을 빈맥이라 하고 적게 뛰는 현상을 서맥이라고 합니다.

빈맥이 나타나게 되면 심장이 뛰고 어지러우며 숨이 차고 가슴이 답답해지면서 심한 경우에는 실신하게 됩니다.

반대로 심장의 박동이 지나치게 낮은 서맥은 심실세동이라고 해서 심장의 박동이 무질서하고 불규칙하게 뛰며 횟수가 적어지는 증상이 나타납니다.

의학적으로 심장의 박동수가 분당 100회 이상이면 빈맥이라고 하고 60회 이하이면 서맥으로 분류하는데 서맥 현상이 심해지면 가슴에 심장 박동기를 달고 생활해야 합니다.

중요한 것은 심장박동기 또한 심장에 있는 심근에 전기 자극을 주어서 심장의 박동수를 조절하는 원리라는 점입니다.

심장의 기능이 전류에 의해서 통제된다는 뜻으로 전류의 중요한 역할을 알려주고 있습니다.

우리가 주변에서 흔히 볼 수 있는 대부분의 혈당측정기 역시 혈액 속에 있는 전기의 성분을 측정해서 알려주는 원리입니다.

이처럼 생체전류는 심장뿐만이 아니라 인체의 모든 장기와 기관을 통제하고 있으며 뼈와 근육은 물론 피부 구석구석까지 이어지고 있는 인체의 생리 시스템입니다.

따라서 이와 같은 전류의 흐름에 문제가 생기게 되면 암을 비롯한 각종 난치병이 발생할 수 있기 때문에 생체전류의 특징과 흐름을 이해하고 적극적으로 활용하는 지혜를 가져야 합니다.

배꼽링의 임상사례를 통해서도 알 수 있듯이 각종 난치병은 약만으로는 해결하기가 어려우며 기의 근본 에너지인 전류의 흐름을 다스려서 치유해야 합니다.

필자가 배꼽링요법을 개발해서 보급해 온 지도 어느덧 15년에 가까운 세월이 흐르고 있습니다.

그동안 각종 난치병으로 절망에 빠져 고통 받고 있던 많은 사람이 배꼽링을 통해 희망을 품고 질병에서 벗어나는 것을 지켜보았습니다.

그렇지만 수년 전까지만 해도 배꼽링의 치유효과가 배꼽링과 인체

사이에서 발생하는 미세전류에 의한 것이라는 사실을 모르고 있었습니다.

그러다가 새로운 방식의 치유법을 연구하는 과정에서 배꼽링의 치유 원리가 밝혀지게 되었는데 결국 과학적인 검증을 통해서 그동안 필자가 주장했던 여러 가지 원리들이 진실이었다는 것이 밝혀지게 된 것입니다.

암의 역분화

미세전류를 연구하는 학자들에 의하면 도마뱀이나 도롱뇽의 꼬리에 암세포를 전이시켜 놓은 뒤에 절단하였더니 얼마 후에 꼬리가 재생되면서 다른 곳에 전이되어 있던 암세포까지 모두 사라지는 현상을 확인하였다고 합니다.

이와 같은 원리에 따라 그들은 "암의 역분화" 가 가능하다는 주장을 하게 됩니다.

암세포는 우리 몸의 정상적인 세포가 어떠한 원인 때문에 암세포라는 비정상적인 세포로 바뀐 것이기 때문에 치유를 통해서 적당한 조건을 만들어주게 되면 다시 정상적인 세포로 회귀한다는 이론입니다.

이와 같은 학설에 대해서 의학계에서는 "암의 역분화는 절대로 있을 수 없다."며 반발하고 있는데 한 번 생성된 암세포는 영원히 바뀌지 않는다고 생각하기 때문입니다.

아무튼, 이 부분에 대해서는 함부로 판단할 일은 아니고 좀 더 전문적인 연구가 진행되어야 결론이 나올 것으로 생각합니다.

현재 암을 치유하는 방법은 수술이 가장 효과적인 것으로 알려졌습니다. 약물치유도 병행해서 행하여지고 있지만, 약물로 암을 치유하기 어려운 이유는 이들 약물이 위장을 비롯한 간장이나 신장에 큰 부담을 주기 때문입니다.

암환자에게 항암제를 주입하게 되면 토하거나 머리가 빠지고 어지러우며 기력이 약해지는 현상이 발생하게 되는데 그와 같은 반응만 보더라도 항암제가 위장과 간장 등의 장기에 얼마나 좋지 않은 영향을 주고 있는지를 짐작할 수 있습니다.

한방의학에서 심장과 위장은 다른 어떤 장기보다도 큰 비중을 차지하고 있는 장기들로 약물과 스트레스에 의해 인체에 무리한 자극이 주어지면 제일 먼저 충격을 받고 반응하는 장기가 심장과 위장입니다.

실험을 통해서 나타난 반응을 보면 이들 다음으로 간장과 신장에 충격이 이어져서 고질병으로 발전하게 되는 구조를 가진 것으로 나타났습니다.

이와 같은 인과관계를 통해서도 짐작할 수 있듯이 암과 같은 중한 병을 치료할 때에는 위장과 같은 장기에 부담을 주어서는 치료가 어렵다는 결론이 나옵니다.

암과 싸워서 이기기 위하여서는 무엇보다도 잘 먹고 힘을 내서 기운을 높여야 하는데 약물은 위장부터 괴롭히며 소화 작용을 방해하고 있으니 병이 나아지기가 어렵게 됩니다.

기운을 떨어뜨리면서 치료를 하는 방식이다 보니까 자연히 결과가 나쁠 수밖에 없고 인체에 무리를 주다 보니 면역력을 떨어뜨려서 좋지 않은 결과로 이어지게 됩니다.

항암제가 암세포를 파괴하는 놀라운 기능에도 불구하고 많은 사람이 사용을 꺼리고 피하는 이유는 이와 같은 항암제의 역기능 때문입니다.

다행히 임상시험에서 나타난 결과를 보면 배꼽링과 새로운 방식의 치유법이 이와 같은 항암제의 후유증을 개선하고 치유해서 항암제의 부작용을 막아주는 것으로 나타났습니다.

암 환자뿐만 아니라 각종 난치병과 희귀질환 환자 모두에게 희망을 주는 소식입니다.

파동의 신비

　전기생리는 사람은 물론 살아서 움직이는 모든 생명체의 근본이 되는 생명현상이며 모든 생물에게 주어진 생명유지의 조건 중 하나입니다.

　인체를 흐르고 있는 전기의 양은 매우 적어서 평소의 최대전압이 100mV 정도이며 전류의 양도 10uA 내외입니다.

　따라서 질병치유를 목적으로 사용되는 전류의 양 역시 50uA 이상이 되지는 않으리라는 것이 일반적인 생각입니다.

　실제로 미국에서 통증치유를 위하여 사용되는 치료기의 전류량이 10uA~60uA를 넘지 않는다고 합니다.

　한 가지 아쉬운 점은 이와 같은 자료들이 미세전류치료법을 연구하는 사람들이 직접 연구를 해서 얻은 결과가 아니라 외국의 사례들을 수집한 것에 불과하다는 사실입니다.

　그 덕분에 많은 정보를 알 수 있어서 도움은 되었지만, 실질적인 자료가 부족하고 현실감이 없는 아쉬움이 있었습니다.

　미세전류치료법에서 빼놓을 수 없는 것 중의 하나가 파동에 관한 것인데 본래 미세전류치유법에는 파동이 포함되어 있지 않았습니다.

전자공학에서 주파수라고 불리는 파동은 양자의학에서 미세전류치료법과 결합하는 방식으로 발전된 이론으로 현재 전기를 이용한 대부분 치료기들이 이와 같은 방식을 이용해서 통증을 해소하고 있습니다.

높은 전류와 주파수를 인체에 흘려보내게 되면 일시적으로 강한 자극이 주어지면서 힘이 나고 통증이 사라지는 현상이 발생하게 됩니다.

경우에 따라서는 혈당이 내려가고 활력이 솟아나서 다시 젊음이 시작되는 착각까지 일으키게 하는데 인체에는 해롭지만, 장사꾼으로서는 뿌리치기 어려운 유혹입니다.

하지만 이와 같은 현상은 2주 이상 지속하기 어려우며 길어봐야 한 달입니다.

이런 높은 전류를 사용하는 기기들은 대부분 심장에 부담을 주어서 건강을 해치게 되는 경우가 많은데 이전에 시중에서 판매하는 저주파 치료기를 이용해서 실험하는 중에 몸에 두드러기가 나고 관절에 통증이 나타난 이유도 심장에 주어진 부담이 간장과 신장으로 이어져서 나쁜 영향을 미쳤기 때문입니다.

암을 비롯한 각종 난치병의 경우 최소한 수개월에서 수년의 치료기간이 필요합니다. 따라서 이와 같은 치료방법은 급성일 경우에는 단시간의 사용으로 효과를 느낄 수 있지만, 만성적인 질병을 치료하는 것은 불가능합니다.

필자의 1차 실험에 의하면 간장은 13mV의 전압과 12Hz 정도의 주파수가 적당하고 파동수가 가장 높은 위장의 경우도 130Hz를 넘지 않는 것으로 나타났습니다.

더 높은 주파수를 사용한다고 해도 800Hz를 넘지 않을 것으로 생각합니다.

무엇보다 중요한 것은 파동만을 이용해서 치료하는 방식은 기맥이나 경락의 흐름을 조절하기가 쉽지가 않다는 것입니다.

기맥과 경락을 따라서 흐르는 전류는 직류이기 때문입니다.

인체를 흐르는 전류는 크게 직류와 교류의 두 가지 형태로 나누어지는데 직류는 주로 피부와 근육을 따라 흐르며 장기와 장기 사이의 에너지를 조절하는 역할을 맡고 있으며 교류는 뇌와 장기들의 활동에 영향을 미치고 있기 때문에 직류의 역할과는 다른 기능을 하고 있습니다.

따라서 교류의 파동만으로 우리 몸의 생리시스템을 조절하는 것은 불가능한 일이라는 것을 짐작할 수 있습니다.

한방침구학에서 쓰이는 경락에는 직류 형태의 미세전류가 흐르고 있으며 16기맥과 더불어서 인체의 모든 기능에 영향을 미치고 있습니다.

그러므로 기맥과 경락에서 이루어지는 여러 가지 현상과 법칙을 이해하지 못한다면 올바른 치료기의 개발은 기대할 수가 없게 됩니다.

미세전류치료법의 높은 가능성에도 파동을 이용한 치료기들이 단순한 자극기의 한계를 벗어나지 못하는 이유가 바로 그 때문입니다.

에필로그

책을 낼 때마다 하는 생각이지만 '재주가 없는 사람이 글을 쓰려니 참 어렵구나!' 하는 마음을 갖게 됩니다.

탈고하고 나서도 자신이 생기지 않아서 한참을 고민해야 했는데 처음 시작할 때와는 달리 복잡한 마음이 들었습니다.

책을 쓰는 것도 일이지만 서점에 가서 책을 사들이고 읽는 것 또한 그에 못지않은 정성이라는 것을 잘 알기 때문입니다.

사람이 나무를 심고 정성을 들이는 것은 결과물을 얻고자 하는 겁니다. 괜스레 할 일이 없어서 땅을 파고 묻으면서 땀을 흘리는 것은 아니겠지요.

땀의 대가는 꽃이 될 수도 있고 시원한 그늘이나 풍만한 열매처럼 마음의 양식이 될 수도 있겠지만, 글을 쓰는 작가는 그 모두를 혹은 그중에 한 가지라도 독자가 만족할 만한 무엇인가를 충족시켜야 할 책임이 있다고 생각합니다.

원고를 모두 쓰고 난 후의 고민은 그렇게 시작되었습니다. 그리고 한 주일 내내 몸살을 앓아야 했는데 이번에 새로운 치유법을 개발하게 된 동기는 사업해서 돈을 벌기 위한 목적이 아니었습니다.

필요에 의한 어쩔 수 없는 선택으로 필자는 본시 조심스러운 성격을 갖고 있어서 무모하다고 여겨지는 일에는 관심을 두지 않는 편입니다.

하물며 전문가들조차 성공하지 못한 일에 뛰어들 만큼 어리석은 생각을 할 이유가 없었습니다.

새로운 요법을 개발하는 작업은 모험에 가까울 만큼 어렵고 힘든 작업이었으며 의지만 갖추고 되는 일은 아니라서 결정을 내리기까지는 많은 시간을 망설임 속에서 보내야 했습니다.

성공이 보장된 것도 아닌 상태에서 수없이 많은 시행착오를 거치며 감당하기 어려운 시간과 비용을 지불해야 하기 때문입니다.

결단이 필요한 일이었습니다. 그렇게 한동안 방황의 시간이 흘러 갔습니다. 그러던 어느 날 문득 '이것은 선택이 아니라 필연이다.'라는 생각이 들었습니다.

그동안 전자치료기를 사들여서 무리한 실험을 하다 보니 이미 돌이킬 수 없을 만큼 몸이 많이 상한 탓에 기존의 방법만으로는 회복이 어려운 지경까지 이르렀기 때문입니다.

'전기로 상한 몸은 전기를 통해 극복할 수밖에 없다.'는 것이 경험을 통해 얻은 교훈입니다.

처음에는 사명감 때문에 시작한 일이었지만 점차 시간이 지나게 되면서 이번에는 나 자신의 건강을 위해서 어쩔 수 없이 연구를 진행해야 했습니다.

개인의 힘으로는 감당하기 어렵고 버거운 일이었지만 배꼽링을 연구하고 실습하는 과정에서 생성된 초감각적 능력을 이용해서 기맥과 경락의 전기적 반응을 직접 몸으로 느껴가며 실험을 거듭해 나갔습니다.

그리고 마침내 6년에 걸친 연구와 실험 끝에 새로운 방식의 치유법이 모습을 나타내게 됩니다. 드디어 새로운 치유법이 완성된 것입니다.

이 과정에서 많은 시간이 흘러갔고 정신을 차리고 보니 시작부터 완성까지 6년의 시간이 지나갔음을 깨닫게 됩니다. 전혀 예상하지 못했던 긴 세월입니다.

그동안 연구와 실험에만 몰두하다 보니 주변을 챙길 틈이 없었는데 이제야 앞만 보며 달려온 세월을 뒤로하고 한 숨을 돌립니다.

환호라도 지르고 싶은 심정입니다. 그렇지만 이내 웃음을 거두고 자신의 주변을 돌아봅니다. 지나온 발자국에 깊은 상처가 패였음을 알기 때문입니다.

연구에 빠져서 가정을 돌볼 여력이 없다 보니 가족들에게도 큰 부담을 주게 되었고 가장으로서 해야 할 일을 하지 못한 채 몸도 상하고 많은 것을 잃어야 했는데 연구비와 제작비 때문에 겪어야 했던 어려움은 이루 헤아릴 수가 없습니다.

"자신은 물론 주변의 사람들이 모두 빚더미에 올라앉았다."는 어느 개발자의 말이 실감이 났습니다.

이와 같은 사정이 비단 필자만의 일은 아닐 겁니다. 우리는 주변에서 자신이나 가족의 병을 치유하기 위하여 많은 재산을 잃고 낙담하는 경우를 어렵지 않게 볼 수 있습니다.

그분들을 생각하면 남의 일 같지 않고 가슴 한편이 싸하고 저립니다. 필자의 경우도 그와 다르지 않기 때문입니다.

222

어제는 지방에 있는 여동생에게 다녀왔는데 "남편의 혈액검사가 깨끗하게 나왔다."며 기뻐합니다.

암 수술을 한 이 후에 받은 지난 번 검사에서는 결과가 좋지 않아서 걱정했지만 이번에는 정상으로 진단이 나온 겁니다.

새로운 치유법을 개발하기 위해서는 많은 희생을 치루어야 했지만 이렇듯 걱정했던 사람들이 치유되는 모습을 보면서 큰 보람을 맞이합니다.

배꼽에너지연구학회

배꼽은 아기와 어머니가 탯줄로 이어져서 뼈와 살이 만들어지고 생명이 형성된 곳입니다.

생명의 기운이 시작되고 우리 몸의 장기와 기관이 완성된 곳이므로 배꼽의 기능을 복원하면 현대의학에서 한계를 보이는 암은 물론 각종 난치성 질환을 치유할 수 있습니다.

배꼽링과 새로운 방식의 치유법은 배꼽의 기능을 중점적으로 연구하여 완성된 치유법으로 육체는 물론 정신적 고통으로 괴로움을 겪는 사람들에게도 좋은 효과를 보입니다.

배꼽에너지연구학회는 암과 같은 각종 난치병으로 고통 받고 있는 환우들의 마음이 모여서 만들어진 여러분의 단체입니다.

많은 분의 관심과 의견을 부탁드립니다.

문의전화
031) 873 – 5476